Wilma Müller

24
Schultage mit Liebe und Herz

Wilma Müller, geboren 2003, hat gerade ihr duales Studium im Bereich Physiotherapie begonnen. Mit 13 Jahren fing sie an ihre Ideen zu Papier zu bringen und das Schreiben ist aus ihrem Leben nicht mehr wegzudenken. „24 Schultage mit Liebe und Herz" ist ihre sechste Kurzgeschichtensammlung. Außerdem stammen diverse Fantasyromane und die Kinderbuch-Reihe „Bougoslavien" – eine Katzenwelt aus ihrer Feder.

24 Schultage

mit Liebe und Herz

Wilma Müller

Bibliografische Information der Deutschen Nationalbibliothek:

Die Deutsche Nationalbibliothek verzeichnet diese Publikation in der Deutschen Nationalbibliografie; detaillierte bibliografische Daten sind im Internet über http://dnb.dnb.de abrufbar.

Illustrator: **Wanda Müller, Wilma Müller**

Grafik: **Noah Bach**

Verlag: BoD · Books on Demand GmbH,
In de Tarpen 42, 22848 Norderstedt
Druck: Libri Plureos GmbH, Friedensallee 273,
22763 Hamburg

ISBN: 978-3-7693-2136-4

Für alle, die ihre eigenen,
herzlichen Schulgeschichten
erzählen können.

1

X-mess

Wie von selbst flossen die Worte aufs Papier. Er nahm gar nichts anderes mehr wahr. Er war völlig versunken in der endlosen Welt der Worte, in der einfach alles möglich war. Verträumt schrieb er Wort um Wort bis sie sich zu einem wunderschönen, unerreichbaren Traum zusammenfügten:

„In deinen Augen spiegeln sich die Lichter
und wecken in mir gleich den Dichter
ich würd so gern über dein Haar streichen
und dein Herz mit Worten erweichen
denn mein Herz schlägt längst für dich
mit deinem Lächeln verzauberst du mich
hätte ich einen Weihnachtswunsch frei
wäre es ein Moment nur für uns zwei
wir würden lachen, du würdest mich sehen
du könntest mich endlich verstehen
du bist so funkelnd wie eine Schneeflocke
in warmem Braun deine Haarlocke
dein Gesicht so friedlich weltvergessen
denkst du vielleicht ans Plätzchenessen?
An eine wilde Schneeballschlacht?
Die klaren Sterne in eiskalter Nacht?

Ich will all diese Momente mit dir teilen
und…"

Fest spürte er einen Ellenbogen in seiner Seite
und nur eine Sekunde später wurde ihm das Blatt
weggezogen. Abrupt wurde er aus seiner Traum-
welt gerissen.
Oh nein! Ihre strenge Deutschlehrerin hatte jetzt
sein Liebesgedicht! Das war der Weltuntergang!
Hatte er ihren Namen geschrieben? Xenia… So
ein schöner Name… Aber jetzt wäre es schrecklich! Nicht so! Das würde einfach nur peinlich werden! Erniedrigend! Katastrophal!
Schadenfroh fing die Schreckschraube von Lehrerin an: „Na was war denn so wichtig?" Und dann
ging der Alptraum richtig los. Beschämt rutschte
er immer tiefer in seinem Stuhl. Alle Blicke waren
auf ihn gerichtet. Alle hörten seine verliebten Worte.
Es war ein Fehler gewesen! Er hätte damit rechnen müssen! Nie bei Frau Marenzahn unaufmerksam sein. Verdammt!
Schließlich war sein gedankenloses Gedicht be-
endet. Jetzt würden ihn alle auslachen und er
würde fast sterben vor Scham.
Doch es blieb beim Konjunktiv. Statt grenzenloser
Demütigung gab es einen Moment der Stille. Jetzt
fehlte eigentlich nur noch ein Grillenzirpen, um
diesen Moment zu einem vollständigen Klischee
zu machen.
Wusste Xenia, dass sie gemeint war?

Braune Haare waren zum Glück kein eindeutiges Erkennungsmerkmal.

Nach diesem schrecklichen, undefinierbaren Moment der Stille ging der Unterricht endlich weiter, doch er war immer noch nicht ganz da. Was dachten die anderen jetzt? Und Xenia! Aus dem Augenwinkel sah er sie immer mal wieder rüber gucken, doch er traute sich nicht, sie direkt anzusehen.

„Sehr romantisch", raunte sein Sitznachbar ihm hochriskant zu. Frau Marenzahn würde sie sicher heute verschärft beobachten.

„Sei still!", zischte er nur angespannt. Er wollte diesen Tag nur hinter sich bringen, morgen würden die anderen nicht mehr an seine peinliche Lyrikeinlage denken, spätestens nach einer Woche. So lange musste er einfach durchhalten.

Endlich klingelte es zur Pause, doch das interessierte ihre liebe Frau Lehrerin reichlich wenig. Eiskalt überzog sie noch fünf Minuten und drückte ihnen zur Krönung einen ordentlichen Berg Hausaufgaben auf.

Heute war echt kein guter Tag, ein wirklich mieser Start in die Weihnachtszeit.

Gemeinsam mit seinem Kumpel zog er sich in die hinterste Ecke des Schulhofs zurück. Es war so kalt, dass ihr Atem weiße Wolken bildete und in seinen Fingern und seinem Gesicht verlor er fast sofort das Gefühl.

Die meisten ihrer Klassenkameraden waren jetzt im warmen Aufenthaltsraum, aber er hatte Angst vor ihrem möglichen Gespött. Außerdem passten die grauen Wolken und die Kälte ausgezeichnet zu seiner Stimmung.

„So schlimm war es doch nicht", versuchte sein Freund ihn zu trösten. „Doch", beharrte er niedergeschlagen.

„Steffen! Du bist ein Poet! Lass es raus!", forderte dieser verrückte Brillenträger ihn auf. „Und du bist ein Idiot, aber das musst du nicht raus lassen!", erwiderte der Dichter gereizt.

Plötzlich lachte sein Freund auf und enthüllte abgehackt seinen neusten Gedanken: „Das war ein richtiges X-mess! Weißt du X wie Xenia und mess wie Chaos! X-mess! Wie X-mas für Weihnachten!"

„Du bist so lustig Peter", genervt verdrehte Steffen die Augen. „Dafür hat man doch Freunde", immer noch hemmungslos kichernd legte er dem hoffnungslos Verliebten die Hand auf die Schulter. Genau.

„Ähm... Steffen?", meldete sich auf einmal eine melodische Stimme, von der er schon Gedichte geschrieben hatte. Mit rasendem Herz fuhr sein Kopf herum. Xenia stand da! Ihre Nase und ihre Wangen waren vor Kälte gerötet und der Blick ihrer warmen, braunen Augen war direkt auf ihn gerichtet.

„Ich wollte dir eigentlich nur sagen, dass dein Gedicht wunderschön war. Du solltest deine Texte veröffentlichen", ihre lieben Worte sorgten in seinem Inneren für einen regelrechten Zuckerschock und auch sein Gehirn fühlte sich an wie mit Sü-

ßigkeiten vollgestopft. Zuckerstangen, Dominosteine, Zimtsterne, Spekulatius...

Kein Wort kam über seine Lippen, in seinem Kopf
lief nur diese dämliche Aufzählung von Weih-
nachtsschnausereien weiter. Dabei mochte er
noch nicht einmal Dominosteine! Er war voll überfordert!

Sie mochte sein Gedicht. Weiter kam sein Verstand nicht und seine Gefühle waren vollauf damit
beschäftigt, jeden Herzschlag liebevoll wie ein
Plätzchen zu verzieren.

„Ich hoffe, du findest die Peron aus deinem Gedicht für dich", wünschte sie ihm so offen freundlich. Ihre Art war einfach zauberhaft! „Ja", gedankenlos nickte er einfach nur.

Das wäre jetzt seine Chance zu sagen, dass seine Worte von ihr gehandelt hatten und dass er sie
wundervoll fand und halt die ganze poetisch-
romantische Palette, die sein glühendverliebtes
Herz widerspiegelte.

Doch davor hatte er zu viel Angst. Xenia mochte
sein Gedicht, sie hatte ihm einen glänzenden
Moment mit ihrem lieben Herz geschenkt, das war
ihm schon Weihnachtswunder genug. Er war
glücklich und er wollte es nicht zerstören.

„Du bist es", verkündete Peter ohne Vorwarnung:
„Das Gedicht ist über dich."

Wie ein Reh im Scheinwerferlicht erstarrte der
ertappte Romantiker. So hätte das nicht laufen
sollen! Er sollte nicht wie der letzte Idiot keinen
Satz rausbringen können!

Er sollte witzig und philosophisch und romantisch sein! Es sollte ein perfekter Moment sein!

Und wie sie ihn auch ansah! So überrascht! War das eine gute Überraschung? Eine schlechte Überraschung? Überlegte sie gerade wie sie ihm möglichst schonend das Herz brechen konnte?

„Stimmt das?", fragte sie schließlich immer noch so undefinierbar verwundert.

„Ähm...", setzte er unruhig an. Jetzt hatte er eine letzte Gelegenheit die mögliche Katastrophe abzuwenden, indem er einfach alles leugnete. Aber irgendein irrwitziger Anflug von Mut ließ ihn statt dem sicheren Rückzug nach vorne preschen: „Ja. Du bist ein wundervoller Mensch und du inspirierst mich. Ich könnte tausend Gedichte über dich schreiben."

„Hast du das nicht schon?", warf sein Freund wenig hilfreich ein. Na toll! Damit wirkte er wie eine Art verrückter Stalker!

Zerknirscht und auch eine Spur ängstlich lächelte er. Wie würde sie darauf jetzt reagieren? Seine Nerven waren zum Zerreißen angespannt. Jede Sekunde zog sich ewig in die Länge. Wie in Zeitlupe öffnete sie ihren Mund...

„Warum hast du nie etwas gesagt?", wollte sie wissen und drückte sich damit vor einer echten Antwort.

„Ich... Ich bin mehr ein...Gedankenmensch... Schreiben ist leichter", brachte Steffen irgendwie hervor. „Ich würde gerne noch mehr deiner Gedichte lesen", warm lächelte sie ihn an: „Wir könnten uns ja mal treffen. Zum Beispiel zum Plätzchen backen und lesen. Oder für eine wilde Schneeballschlacht."

Bei dem letzten Satz stockte sein Herz ungläubig. Xenia hatte sich seine Worte sogar gemerkt! Konnte es noch besser werden?!

„Heute?", war das ein Vorschlag, eine ungeduldige Erwartung, etwas Anderes? Er wusste es selbst nicht. Alles war so überwältigend!

„Nach der Schule?", ihr Gesicht war nicht nur von der Kälte rot.

„Ja", er schwebte irgendwo da oben in den grauen Wolken, die schon gleich viel fröhlicher und wärmer wirkten.

Schrill brach die Schulglocke in ihren schwerelosen, wunderschönen Moment ein. „Ich freu mich schon", sagte Xenia noch mit einem umwerfenden Lächeln und er schaute ihr selig grinsend hinterher, während sie zurück ins heizungswarme Schulgebäude schritt.

„Wohl doch kein X-mess sondern ein Weihnachtswunder", kommentierte Peter frech. Steffen hatte total vergessen, dass sein verrückter Kumpel ja auch noch da war.

„Ich liebe Weihnachten!", verkündete der Dichter strahlend: „Das ist der Anfang von meinem Glück, ich geh voran und nicht zurück."

„Schwacher Reim. Voll der Standard. Das kannst du doch besser", stichelte ihn Peter und machte sich auch langsam mal auf den Weg zum Unterricht.

„Sie ist süßer als tausend Zuckerstangen! Das Abenteuer hat angefangen! Das wird der beste Tag aller Zeiten! Ich lass mich von der Freude leiten! Mit Mehl und Milch und so Zutaten! Ich kann es kaum noch erwarten! Wir werden sowas von durchstarten! Und alles...", reimte Steffen regelrecht vor Glück übersprudelnd.

„Schon gut! Das reicht!", unterbrach Peter ihn lachend.

„Nein. Es wird nie reichen! Worte sind dafür nicht genug", schwärmte der Poet übertrieben. Und das würde sich sein Sitznachbar wahrscheinlich die ganze Weihnachtszeit anhören müssen. Ein extrem verliebter Romantiker und sein Weihnachtschaos... Spaßig...

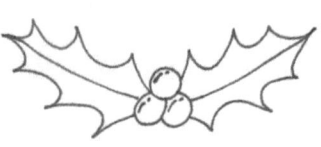

2

Liebe geht durch den Magen

In der Luft lag der Geruch nach Zimt und Schokolade, dazu frischgebackene Waffeln und als herzhafte Note belegte Brötchen. Wie jede Pause hatte sich in der Cafeteria schon eine lange Schlange aus schnatternden Schülern gebildet.

Die Oberstufenschüler, die ihre Pause ganz fleißig mit Lernen verbringen wollten (was nicht besonders viele waren), schnitten bei dem Lautstärkepegel immer sehr genervte Gesichter. Aber Heike liebte es.

Sie liebte diesen lebendigen Tumult an der Schule und besonders die kleinen Fünftklässler, von denen einige super-süß „Bitte und Danke" sagten, wärmten jedes Mal ihr Herz. Und natürlich war da noch Berthold, ihr Stammkunde, der immer so knuffige Pullunder und eine dicke Hornbrille trug. Er war wirklich der perfekte Lehrer und ein richtiger Gentleman-Scherzkeks. Herr Fritzen…

Jede Pause direkt nach dem Klingeln kam er, um sich einen Kakao mit Zimt zu kaufen. Nur donnerstags war immer eine Lehrerkonferenz und er kam erst gegen Ende der Pause. Auf ihn war einfach immer Verlass und ja, sein freundliches Lächeln und seine schokobraunen, glänzenden Augen gehörten auch zu den täglichen Dingen, die ihr Herz wärmten.

Generell liebte sie ihre Arbeit als die „Cafeteria-Frau" einfach. Mit Essen konnte man so leicht die Leute glücklich machen, vor allen Dingen in der Weihnachtszeit. Wenn es draußen richtig kalt wurde, freuten sich die Kinder nochmal mehr über die warmen Waffeln. Auch heute gingen sie weg wie nichts.

„Hier. Das habe ich für Sie gemalt", mit diesen Worten überreichte ihr eine extra knuffige Fünftklässlerin ein Bild von einem lächelnden Donut mit Kulleraugen. „Vielen Dank!", gerührt nahm Heike das kleine Kunstwerk an. Solche kleinen Gesten waren doch einfach nur zauberhaft!

Seid sie letztes Jahr angefangen hatte, hatte sie jetzt insgesamt fünf Bilder geschenkt bekommen und jedes hing sie an den Kühlschrank hinter sich. So wurde ihr Arbeitsplatz Stück für Stück ein bisschen bunter und fröhlicher. Einfach ein schönes Gefühl.

Danach kamen ein paar grummelige Teenager in der Schlange, die sich nicht mal ein Lächeln abringen konnten, aber auch über sie freute sich Heike. Alles war so, wie es sein sollte. Es könnte kaum besser sein…

„Herr Fritzen steht auf sie, aber ist zu schüchtern. Sie sollten die Initiative ergreifen", sprach eine der verschlossenen Jugendlichen sie unvermittelt an, nachdem sie bezahlt hatte. Völlig überrumpelt sah die Betreiberin der Cafeteria sie an und bevor sie sich wieder richtig sammeln konnte, war das Mädchen auch schon mit einem Energy-Drink und der Laugenstange verschwunden.

Herr Fritzen sollte auf sie stehen? Bei dem Gedanken wurden Heikes Wangen bratapfelrot.

„Sie wären ein schönes Paar!", schwärmte eine kleine Fünftklässlerin mit pinker Einhornmütze. Warum waren auf einmal alle Schüler so in Kupplerstimmung?

„Ähm. Was willst du haben?", versuchte die Verkäuferin sich nicht aus der Ruhe bringen zu lassen. „Kakao, bitte!", bestellte das Mädchen strahlend und hielt ihr einen Becher hin, der passend zur Mütze rosa glitzernd war.

Mit einem kleinen Lächeln füllte Heike ihr das dampfende Getränk ein, das alles mit seinem schokoladigen Seelenwärmer-Geruch erfüllte. Das beste Gegenmittel für trist-graues Winterwetter.

„Danke!", trällerte die Kleine und bezahlte mit einem Haufen Rotgeld. Hach, immer diese ganzen Münzen, wenn die Kinder das Restgeld zusammenkratzten, um sich noch etwas zu kaufen. Fröhlich hüpfte das Einhornmädchen am Rest der Schlange vorbei nach draußen. Heike sah ihr nach und dabei fiel ihr Blick auf Berthold, der sich mittlerweile ans Ende der Reihe gestellt hatte.

Zum Gruß hob er die Hand und lächelte ihr zu. Automatisch erwiderte sie sein Lächeln und winkte kurz zurück. Doch dann hallten in ihrem Kopf die Worte der Schüler eben wider: „Sie wären ein schönes Paar."

Stimmte das? Wären sie ein schönes Paar? Konnten sie überhaupt ein Paar werden? Der Gedanke war irgendwie komisch, aber auf eine gute, aufregend prickelnde Art. Sollte sie es wirklich wagen und ihn fragen? Sie hatte das eine Ewigkeit nicht mehr gemacht. Sie wusste gar nicht mehr, wie das ablief!

Na ja, eigentlich fragte man ja nur, ob man gemeinsam einen Kaffee trinken wollte oder Frühstück oder etwas in der Art.

So schwer war es nicht. Und das Schlimmste, das passieren konnte, war ein kleiner peinlicher Moment. Aber er hätte einen peinlichen Moment vor seinen Schülern. Was, wenn ihm das unangenehm war oder er sich bedrängt fühlte? Nein, sie machte sich zu viele Gedanken! Er war kein kleines Kind mehr! Er konnte ablehnen, wenn er nicht wollte.

Sie sollte es versuchen. Berthold war so nett und irgendwie lustig mit seinen Flachwitzen, die er jedes Mal brachte. Es wäre schön, ihn auch mal außerhalb der Schule zu sehen. Gedanklich nicht ganz anwesend bediente sie ein Kind nach dem anderen. Die Schlange wurde immer kürzer und Berthold kam beständig näher.

Auf seinem Gesicht lag dieses warme, vorfreudige Lächeln. Ihn nach einer Verabredung zu fragen war die richtige Entscheidung, da war sich Heike ganz sicher, trotzdem fühlte sie sich hin und her gerissen und unruhig.

Plötzlich war er an der Reihe und für einen Herzschlag stand die Welt still. Eigentlich war das keine Überraschung, immerhin hatte sie ihn Stück für Stück aufrücken gesehen und sie hatte auf diesen Augenblick gewartet, mehr noch, sie hatte ihn kaum erwarten können. Und jetzt... Sie wusste nicht, was sie sagen sollte, als wäre sie wieder eine verliebte Teenagerin, die auf die Schule ging.

„Hallo!", begrüßte Berthold sie auf seine sonnige Art und ging gleich zu einem seiner Witze über: „Was qualmt und läuft über die Wiese?" Wie immer lächelte sie statt einer Antwort nur unbeschwert. Dieser Scherzkeks.

„Ein Kaminchen!", enthüllte er stolz und Heike konnte gar nicht anders als loszukichern. Ein Kaminchen! Der Witz war so flach, aber wie Berthold ihn erzählt hatte... Es fühlte sich so an, als hätte jemand auch in ihrem Inneren ein Kaminchen angezündet.

„Das Gleiche wie immer?", fragte sie mit der Leichtigkeit, die sie in seiner Nähe jedes Mal spürte.

„Genau", bestätigte er lächelnd und hielt ihr seine Tasse hin. Auf ihr stand der Spruch: „Ich lass die Tasse nicht leerer werden, ich bin Lehrer!" und jedes Mal, wenn sie ihn las, musste sie schmunzeln.

Fest klammerte sie sich an dem Griff der besonderen Tasse fest und füllte sie mit warmem Kakao, der nicht annähernd mit der Hitze in ihrem Inneren mithalten konnte.

„Oh. Ein neues Bild", fiel es Berthold hinter ihr auf.

„Ja, mein Arbeitsplatz wir immer bunter", meinte sie glücklich und sammelte ein letztes Mal Mut. Jetzt oder nie.

Die Tasse immer noch etwas verkrampft in der Hand drehte sich Heike zu ihm um und die Worte brachen aus ihr hervor: „Wollen wir uns mal außerschulisch treffen? Für einen Kakao? Vielleicht heute nach Schulschluss?"

Im ersten Moment sah er sie nur völlig überrumpelt an und sie hatte das Gefühl, doch einen Fehler gemacht zu haben. Aber dann kehrte das herzliche Lächeln in sein Gesicht zurück und als er ihr antwortete ging ihr richtig das Herz auf: „Liebend gerne."

„Hallo? Hier warten noch andere", meldete sich ein ziemlich respektloser Fünftklässler zu Wort.

Mit einem kleinen Lachen gab Heike Berthold die Tasse zurück und ihre Finger streiften sich leicht. Eine kleine, flüchtige Bewegung voller Wärme.

Sie konnte den Schulschluss kaum noch erwarten, was allen anderen in der Cafeteria wohl genauso ging...

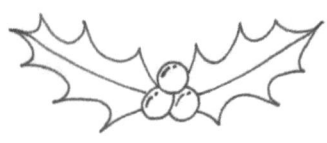

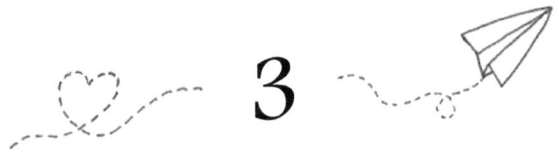

Frostbeule mit Herz

Gelangweilt standen sie im Flur vor den Bio-Räumen. Die dick eingepackten Frostbeulen quetschten sich an den uralten Heizkörper, der immer wieder beunruhigende Glucker- und Zischgeräusche von sich gab. Außerdem roch der ganze Flur nach der faden, abgestandenen Heizungsluft.

„Von der trockenen Heizungsluft und der Kälte draußen werden meine Lippen immer so rissig", beschwerte sich Lucy und machte einen süßen Schmollmund.

„Ich küsse deine Lippen trotzdem gerne", nutzte Janis diese Steilvorlage und gab ihr einen kleinen Kuss, einen wirklich sehr kleinen, für mehr kauerten die anderen zu dicht an ihr.

Lucy gehörte nämlich zu den Heizungs-Frostbeulen. „Du küsst ja auch deine Katze ständig auf den Kopf", erwiderte sie alles andere als süß.

„Meine Katze freut sich wenigstens darüber und ist das ganze Jahr über liebenswürdig. Außerdem ist ihr Fell super weich und nicht rissig", konterte er mit einer gewissen Kritik.

In den Wintermonaten wurde sie immer zu einer Art Grummelbär, der am liebsten einfach in Winterschlaf fallen würde und ansonsten außer frieren und essen gar nichts mehr machte. Ihm war es ein Rätsel, wir ihr mit diesem Monstrum von Jacke inklusive Zwiebellook aus Top, T-Shirt und Kuschelpulli immer noch kalt sein konnte.

„Deine Katze muss ja auch nicht aus dem Haus und in die Schule", verteidigte sich seine Freundin.

„Ja, das Leben einer Katze müsste man schon haben…", stimmte er ihr mit einem kleinen Seufzen zu. „Du bist manchmal schon eine verrückte Katzentante", meinte sie mit einem kleinen Lächeln. „Und du bist manchmal schon ein Grummelbär", konfrontierte er sie ebenfalls mit ihren Eigenarten.

„Ihr seid immer noch so ein süßes Paar", schwärmte Petra, die direkt neben Lucy hing. Null Privatsphäre. Na ja, es war Schule, was erwartete man da schon?

„Kann Herr Ochsenbach nicht langsam kommen? Ich hasse es, wenn wir immer so blöd rumstehen müssen", beschwerte sich Hannah auf der anderen Seite.

„In der Klasse kann man wenigstens noch etwas machen", schloss sich Leonie ihr an.

„Seht es positiv: Wir haben weniger Unterricht", versuchte Janis die Stimmung ein wenig zu bessern. Es war doch Weihnachtszeit, da sollten nicht alle mies drauf sein.

„Aber das hätten wir auch, wenn wir drinnen warten könnten", erwiderte Leonie spitzfindig. Dieser Haufen war hoffnungslos. Frostbeulen waren im Winter wirklich unverbesserlich.

„Gib mir deine Hände", verlangte Lucy mit einem täuschend netten Grinsen und streckte ihre blassen, fast schon violetten Finger aus. Das konnte doch nicht mehr gesund sein. Trotzdem griff er nach ihren Eisfingern und wärmte sie ganz aufopferungsvoll mit seinen eigenen Händen.

„Du bist der Beste", schwärmerisch strahlte Lucy ihn an. „Ich weiß", erwiderte er mit einem genügsamen Lächeln. „So süß", kommentierte Petra nochmal von der Seite. Sie brauchten echt mehr Freiraum.

„Sollte vielleicht nicht irgendwer mal zum Lehrerzimmer gehen und fragen, wo der Ochse bleibt? Sonst kriegen wir am Ende noch Anschiss, weil wir nichts gesagt haben", warf Hannah missmutig ein.

Die Heizungsclique hatte das Potenzial ihres Händchenhalte-Moments nachhaltig zerstört. „Wer fragt, der geht", meinte Janis nur und seine Laune passte sich langsam immer mehr dem allgemein vorherrschenden Niveau an.

„Nein, hier ist es gerade ein bisschen warm", sträubte sich Hannah. „Johannes ist schon los", informierte sie Maurice von der Seite. Ihre Klasse stand hier wirklich in den Flur gepresst, wie ein Würstchen, das kurz vorm Platzen war. Na toll. Jetzt hatte er auch noch Hunger.

Auf einmal waren auf der Treppe hastige Schritte zu hören, die für einen Lehrer viel zu energiegeladen waren. Nur eine Sekunde später tauchte Johannes ordentlich außer Atem auf. Aha. Wenn man vom Teufel spricht.

„Herr Ochsenbach kommt nicht mehr! Wir haben eine Freistunde!", verkündete er die frohe Botschaft und machte damit seinem Namen alle Ehre. Johannes war doch ein Apostel oder Evangelist oder Engel oder so, irgendetwas Christliches auf jeden Fall.

„Dank sei Gott dem Herrn! Halleluja!", rief Janis und riss ausgelassen die Arme in die Höhe. Schlagartig war die ganze Stimmung total gelöst.

„Komm! Ich weiß, wo wir hin können!", aufgedreht griff Lucy wieder seine Hand und zerrte ihn durch das ausgelassene Gedränge im Flur. Man würde dem kleinen, dick gepolsterten Grummelbär gar nicht zutrauen, mit welcher Energie sie sich jetzt durch die Menge bahnte. Eine Rugby-Karriere wirkte da schon echt naheliegend. Schnell stürmten sie die Treppe nach oben und raus auf den Schulhof.

Fröstelnd zog sie sofort die Schultern hoch, doch davon ließ sie sich kaum ausbremsen. Durch ihr Warten war schon einige Zeit ihrer kostbaren Freistunde verstrichen und sie hatte noch ein Ziel. Zügig brachten sie die Schule hinter sich und auch gleich ein paar Straßen, bis sie schließlich vor dem Dönerladen ihres Vertrauens standen. Direkt neben der Tür hatte er ein weißes Plastikweihnachtsbäumchen mit bunt blinkender Lichterkette stehen, sehr weihnachtlich. Döner sollte als neues Weihnachtsfestessen eingeführt werden.

„Es ist noch nicht mal zehn Uhr, willst du jetzt schon einen Döner essen?", fragte Janis ein wenig skeptisch. „Ach, Döner kann man doch immer essen und ich habe da noch eine Überraschung für dich", erwiderte sie endlos begeistert. Eine Überraschung im Dönerladen? Da war er ja mal gespannt.

„Hat der überhaupt schon auf?", warf Janis noch hinterfragend ein. „Ganz offiziell noch nicht, aber gleich", nach wie vor vollends überzeugt trat seine verrückte Freundin vor die Tür und klopfte an. Von hinten kam der Dönermann höchstpersönlich in den Laden. Sobald er Lucy sah, verwandelte sich sein irritiertes Stirnrunzeln gleich in ein breites Grinsen.

Fröhlich winkte sie ihm zu und er öffnete die Tür ohne zu zögern. „Hallo Lucy! Und Janis! Was macht ihr um die Zeit hier? Ihr schwänzt doch nicht etwa! Schule ist wichtig!", begrüßte er sie auf seine herzliche Art.

„Ne, wir haben eine Freistunde und ich hatte richtig Heißhunger auf einen deiner bombastischen Döner", antwortete sie ihm locker: „Außerdem hat Janis noch gar nicht Gyros gesehen."

Verwirrt runzelte er die Stirn, das war doch eine glatte Lüge. Er kannte die braungetigerte Katze des Ladens.

„Ah, ich verstehe", wissend lächelte der Türke und machte dann entschuldigend weiter: „Döner gehen gerade noch nicht, der Spieß ist noch nicht heiß, aber Fritten oder Soßenbrötchen wären drin." „Super Emir! Du bist der Beste!", glücklich stürmte Lucy in den Laden, der intensiv nach Dönerfleisch roch.

Etwas zögerlicher folgte er ihr. Zwar hatte er auch schon öfter hier gegessen, aber er konnte bei Weitem nicht mit der Stammkundin Nummer eins mithalten. Manchmal hatte er das Gefühl, dass sie geradezu in dem Laden wohnte.

„Gyros ist hinten, du weißt ja wo, ich mach dir schonmal etwas", meinte der Ladenbesitzer einladend: „Willst du auch etwas, Janis?" „Ja, das Gleiche", nahm er immer noch ein kleinwenig überrumpelt an.

„Wir sind dann kurz bei Gyros", mit diesen aufgedrehten Worten zog Lucy ihn begeistert nach hinten zu einem Karton in der Ecke.

Und dort lag die getigerte Katze, zusammen mit drei super süßen Babykätzchen, eins sogar mit der Färbung einer Glückskatze. „Tadaa!", stolz präsentierte sie ihm diese katzige Überraschung. „Oh!", hauchte Janis hingerissen. Ihre kleinen Krallen und Öhrchen und dieses hohe, absolut bezaubernde Maunzen, bei dem man ihre super winzigen Zähnchen sehen konnte und diese Mini-Näschen...

„Ich wusste, dass es dir gefallen würde", lächelnd grinste seine Freundin ihn an und freute sich einfach, dass er sich freute. „Du bist vielleicht doch kein Grummelbär", gerührt, dass sie dabei an ihn gedacht hatte, gab er ihr einen kleinen Kuss.

„Aber du bist und bleibst eine verrückte Katzentante", erwiderte sie schelmisch: „Wenn du die Kleinen gleich abknutschst, darfst du mich aber nicht mehr küssen."

„Na dann...", ohne zu zögern nahm er ihr Gesicht in beide Hände und küsste sie richtig. Er küsste sie lieber als extra knuffige Babykätzchen... Das war das schönste, wortlose „Ich liebe dich" überhaupt.

4

Weihnachtsbaummann

„Ich komm nicht dran", Mira streckte sich so gut sie konnte, aber es reichte trotzdem nicht. Da war sie schon die Größte aus der Klasse und schaffte es trotzdem nicht, ihre Deko am höchsten aufzuhängen! Aber die Jungs hatten auch geschummelt und eine Trittleiter genutzt!

Mit in die Hüften gestemmten Händen musterte sie ihren Erzfeind: Ein blätterloser Baum mittig auf dem Schulhof.

Ihr Klassenlehrer war auf die Idee gekommen, einen Adventskalender für die ganze Schule zu machen. Dafür sollte jeder von ihnen ein Blatt gestalten, das dann an einem Tag aufgehängt wurde.

Bis jetzt waren schon Martin, Tom und Lukas dran gewesen. Alle drei hatten es sich leicht gemacht und einfach irgendeine Weihnachtsgeschichte aus dem Internet ausgedruckt.

Mira hatte in der Doppelstunde mit viel Herzblut ein Bild gemalt, zugegebenermaßen ein ziemlich Hässliches, das war noch ein Grund es möglichst weit oben aufzuhängen, aus der Ferne sah es deutlich besser aus.

„Kannst du es nicht einfach an irgendeinen Zweig aufhängen? Es ist kalt", meldete sich Vanessa bibbernd neben ihr.

Alle anderen Schüler hatten ihre Chance genutzt und sich längst ins Warme geflüchtet, aber nein Mira musste unbedingt jetzt noch ihre Adventskalenderseite aufhängen!

„Nimm mich Huckepack!", verlangte das Mädchen auf wichtiger Mission aufgedreht. „Was?", verständnislos runzelte Vanessa die Stirn. „Zusammen sind wir größer! Dann komm ich höher!", erklärte Mira ihren Geistesblitz.

„Muss das sein?", war Vanessa nicht so begeistert. „Komm schon! Bitte!", flehte Mira ihre beste Freundin an. Vanessa konnte ihr einfach nichts abschlagen. Mit einem Seufzen willigte sie ein: „Na gut."

„Du bist die Beste!", verkündete Mira strahlend und stellte sich hinter sie. „Bereit?", fragte sie noch ein letztes Mal nach, schon startklar ihr auf den Rücken zu springen. „Ja", grummelte Vanessa mehr oder weniger breitbeinig.

„Und Hopps!", setzte Mira ihr Vorhaben in die Tat um. Im ersten Moment geriet Vanessa ordentlich ins Wanken doch dann schaffte sie es, ihr Gleichgewicht wieder zu finden. Zum Glück war ihre Freundin nicht besonders schwer.

Krampfhaft streckte sich die Große, doch sie war immer noch nicht höher! „Ich muss auf deine Schultern!", noch während sie das sagte, fing sie an hoch zu klettern.

„Nein! Nein! Nein! Nein!", rief Vanessa und versuchte sich irgendwie auf den Beinen zu halten, doch es war hoffnungslos.

Wie ein gefällter Baum stürzten sie zu Boden.

„Aua", beschwerte sich Vanessa und drehte sich schwerfällig auf den Rücken.

Mira kicherte vor sich hin und brachte dazwischen noch irgendwie ein: „Entschuldigung!", hervor. „Du machst mich noch kaputt", grummelte ihre treue Freundin.

„Tut mir echt leid", entschuldigte sich Mira noch einmal ausgelassen und tätschelte Vanessas Schulter, wofür sie echt ziemliche Verrenkungen machen musste.

„Kann ich helfen?", fragte auf einmal eine Stimme aus dem Nichts und die beiden Freundinnen fuhren erschrocken herum, was ein seltsames auf dem Boden Wälzen wurde.

Wie peinlich! Neben ihnen stand Justus und bis auf seinen dämlichen Namen war er echt ein total netter Kerl, bei weitem nicht so gehirnamputiert wie die anderen Jungs in ihrer Klasse. Und ja, vielleicht war Vanessa ein kleines bisschen verschossen in ihn, aber wirklich nur ein kleines bisschen.

Und jetzt hatte er gesehen, wie sie bei dem Versuch ein blödes Bild in einen Baum zu hängen, einfach umgekippt waren. Super unangenehm!

„Ähm ja, du könntest uns wirklich helfen", schien sich Mira überhaupt nicht zu schämen und rappelte sich wieder auf.

Hilfsbereit hielt Justus Vanessa die Hand hin, aber sie war immer noch viel zu überrumpelt, um diese liebe Geste anzunehmen und stand auch einfach so auf.

„Ich muss mein Adventskalendertürchen da oben aufhängen und Räuberleiter nur zu zweit ist etwas kritisch. Könntest du mich vielleicht zusammen mit Vanessa stützen?", erklärte die Große ihm alles, nur den letzten Teil hätte sie wirklich vorher mit ihr absprechen können. Justus und sie sollten Miras Stützen sein?

„Wir könnten doch auch eine Leiter holen, das wäre nicht mehr geschummelt als zwei Leute zum Draufklettern und es wäre sicherer", gab Vanessa zu bedenken. „Klar", stimmte er mit einem lockeren Schulterzucken zu.

„Kommt schon! Das würde dann doch keinen Spaß machen! Das wird eine super Geschichte zum Erzählen, wie wir mit vereinter Kraft das Türchen aufgehängt haben, voll weihnachtlich!", beharrte Mira und Vanessa war sich nicht ganz sicher, ob ihre riesige Freundin einfach nur so extrem scharf darauf war den besten Platz für ihr Adventskalendertürchen zu bekommen oder vielleicht sogar Verkupplungs-Hintergedanken hatte.

„Mir ist es egal", zeigte sich Justus neutral und überließ somit Vanessa die Entscheidung, was ja eigentlich ganz nett war, aber sie wollte sich nicht entscheiden! Sie konnte sich nicht entscheiden! Auf Nummer sicher gehen und wie ein Feigling aussehen oder sich von Miras Verrücktheit anstecken lassen und mal etwas riskieren? Schwierig.

„Nur ein Versuch! Komm schon!", gab die ambitionierte Adventskalendermalerin noch nicht auf.

„Na gut, ein Versuch", knickte Vanessa mit einem etwas unguten Gefühl ein.

„Super! Also, stellt euch ganz nah nebeneinander", fing ihre beste Freundin gleich an, bevor sie es sich nochmal anders überlegen konnte.

Mit einem kleinen Seitenschritt kam Justus auch gleich näher. Fast wäre Vanessa zurückgewichen, dabei war das alles doch halb so wild. Sie würden nur Mira helfen. Alles gut. Das hatte nichts mit ihnen zu tun.

Auch wenn es sich irgendwie seltsam anfühlte, machte sie ebenfalls einen Schritt zur Seite. Jetzt standen sie fast Schulter an Schulter.

„Perfekt!", begeistert grinste das Mädchen auf Weihnachtsmission sie an: „So und jetzt macht beide eine Räuberleiter."

„Beide? Was genau hast du denn vor?", hinterfragte Vanessa ihr Vorhaben jetzt doch. „Vertrau mir einfach, das wird gut", ging ihre Freundin gar nicht darauf ein.

„Genauso gut wie letztes Mal", murmelte die Zweiflerin noch und die beiden Stützen tauschten einen vielsagenden Blick. Diese ganze Aktion war vollkommen bescheuert. Trotzdem machten sie weiter mit.

Ziemlich umständlich versuchte sie auf ihre Hände zu steigen, was so gar nicht funktionierte.

Vanessa kippte dabei voll gegen Justus und lief ziemlich rot an. Kurzerhand änderten sie den Plan und statt total übertrieben auf die Schultern zu wollen, begnügte Mira sich jetzt damit, dass sie in eine breite Hocke gingen und sie einfach nur auf die Oberschenkel stieg. Da konnte auch nicht so viel schief gehen.

„Das ist ziemlich anstrengend", merkte ihre beste Freundin an und ihr Bein fing schon an leicht zu zittern. Hiermit hatte sie auf jeden Fall schon ein kleines Workout hinter sich, aber was machte Mira da auch so lange?

„Ja, ich glaube, ich will echt nicht nochmal eine menschliche Leiter spielen", schloss Justus sich ihr an.

„Ihr seid solche Jammerlappen! Das wird eine richtig lustig-verrückte Erinnerung und mit einem Beweis hoch oben im Baum und Justus ist quasi der Weihnachtsbaummann, der statt materiellen Geschenken seine Anwesenheit und Tatkraft beisteuert. Bald ist ja auch schon Nikolaus", philosophierte die Große vor sich hin und wackelte dabei bedenklich.

Wie lange konnte es denn dauern, ein Blatt aufzuhängen?

„Ich glaube die Höhenluft bekommt dir nicht so gut", kommentierte Vanessa und Justus rutschte ein kleines Kichern raus. Er fand sie lustig... Und leider rutschte nicht nur das Kichern. Miras Fuß rutschte auf ihrem Bein.

Oh nein! Nicht noch einmal!

„Warte! Ich helfe dir!", war ihr neu gekürter Weihnachtsbaummann sofort zur Stelle und machte seinem Namen damit alle Ehre. Was für ein Titel.

Auf einmal hörten sie hinter sich ein Lachen und dieses Geräusch brachte alles aus dem Gleichgewicht.

Schlagartig fielen sie alle um. Aua. „Hey! Was sollte das! Fast hätte ich mein Blatt abgerissen!", beschwerte sich Mira und rappelte sich auf. Auch Justus war schnell wieder auf den Beinen und erneut hielt er Vanessa hilfsbereit die Hand hin.

Dieses Mal ergriff die am Boden liegende sie auch und ließ sich von ihm hochziehen.

„Och, wie süß! Zuerst turnen sie gemeinsam und jetzt das. Wie ein verliebtes Ehepaar!", machte sich Tom auf Grundschulniveau über sie lustig und als Sahnehäubchen sah es ganz so aus, als hätte er davon auf seinem Handy auch noch Bilder gemacht.

„Verzieh dich! Du willst uns nur lächerlich machen, weil du dir nicht so viel Mühe gemacht hast und das jetzt bereust!", warf Mira ihm herausfordernd vor. An Selbstbewusstsein hatte es ihr noch nie gemangelt und es war auch hilfreich, dass sie quasi auf jeden herabblicken konnte.

„Ja genau", stöhnte Tom und kehrte tatsächlich kopfschüttelnd um.

„Es tut mir leid", entschuldigte sich Justus, auch wenn er ja gar nichts dafür konnte. „Alles gut", meinte Vanessa gleich und als sie sich so ansahen... Ein verliebtes Ehepaar... So falsch waren seine Worte eigentlich gar nicht, im weitesten Sinne.

„Ähm. So beim Thema Weihnachtsbäume und Weihnachtsmänner, sollen wir vielleicht mal auf den Weihnachtsmarkt gehen? So zusammen? Morgen Abend vielleicht?", schlug Vanessa mit wildschlagendem Herzen vor. Sie hatte irgendwie tierische Angst vor seiner Antwort und konnte es gleichzeitig kaum glauben, dass sie es laut ausgesprochen hatte. Das war eindeutig wegen diesem verrückten Moment!

„Morgen Abend habe ich keine Zeit", verstand Mira es mal wieder nicht. „Und wenn nur wir beide gehen würden? Also ich hätte Zeit...", schlug Justus genau das vor, was sie ja auch gemeint hatte und seine Wangen waren dabei süß rot oder lag das nur an der Kälte?

Passt auf, dass ihr am Ende nicht doch noch ein altes Ehepaar werdet", musste die Große sie noch einmal necken, bevor sie sich zufrieden verzog.

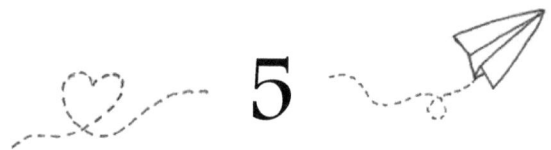

5

Fußballherzen

Dem Partner das Richtige zu Weihnachten zu schenken, war schon eine Herausforderung und Nikolaus war da eine wundervolle Möglichkeit für einen Testlauf. Man konnte ganz überraschend eine Kleinigkeit schenken und damit abchecken, ob die Richtung stimmte. So war der Plan.

Eigentlich konnte da ja nichts passieren. Na ja, generell konnte bei einem Geschenk nicht die Welt passieren, aber wenn man Weihnachten verkackte... Das war ihr erstes großes gemeinsames Fest und er wollte einfach alles richtig machen.

Selina war ein Hauptgewinn, sie war witzig und mitfühlend, liebte Fußball und sah auch noch verdammt gut aus. Manchmal fragte er sich, warum sie überhaupt ausgerechnet mit ihm zusammen war. Sie war einfach so umwerfend! Und er... irgendwo im Durchschnitt.

Plötzlich bekam er einen Klaps auf den Hinterkopf und die Nervensäge neben ihm meinte: „Erde an Phil!" „Was ist denn?", mit hochgezogenen Augenbrauen sah er seinen besten Freund an.

„Du machst dir zu viele Gedanken! Wenn du den Schlüsselanhänger noch öfter in der Hand drehst, geht der Lack noch ab", meinte er mit einem wissenden Blick. Ertappt legte er sein kleines Geschenk auf den Tisch.

War ein Fußball als Schlüsselanhänger wirklich so eine gute Idee? Oder war es zu kitschig? Oder zu wenig weihnachtlich? Oder was, wenn er ihr ein schlechtes Gewissen machte, weil sie keines hatte?

„Phil. Du tust es schon wieder", säuselte es von nebenan. „Halt doch die Klappe!", mit einem Stöhnen boxte Phil ihn gegen die Schulter. „Niemand will so einen unsicheren Gedankenkloß als Freund! So bist du in ein paar Wochen wieder single!", hielt sein Kumpel eben doch nicht die Klappe.

„Und das sagst du mit deiner super krassen Beziehungserfahrung. Du wirst noch so eine irre Katzenlady, nur nicht als Lady", schoss Phil ein wenig angespannt zurück: „Oder gibt es da etwas, das du mir sagen willst?"

„Haha", kommentierte sein bester Freund und rollte mit den Augen: „Aber im Ernst. Versuch mal entspannter zu sein. Wenn du aus allem so einen Stress machst, kann das gar nichts werden! Ja, Selina ist ganz nett, aber sie ist kein perfekter Engel oder so ein Scheiß, der sich dazu erbarmt hat, dich als Freund zu nehmen. Du siehst das immer als so krasse Ehre und übertreibst es einfach. Du bist auch ein toller Kerl."

„Das klingt so, als wolltest du mir einen Antrag machen", musste Phil es spaßhaft nehmen. Dieses Thema machte ihn echt verrückt oder vielleicht war es schlicht das Verliebtsein... Man war das kompliziert! Er musste ständig an sie denken und war glücklich und verwirrt und unsicher und zufrieden und...

„Phil! Mensch! So langsam nervt es echt", machte sein Kumpel ihn wieder auf sein Gedankenkarussel aufmerksam. Schon peinlich, wie oft er einfach nur verträumt in die Luft starrte...

„Warte mal ab, bis du auch mal eine Freundin hast!", verteidigte sich der Verliebte. „Du hast doch gerade gesagt, dass ich eine Katzenlady werde", konterte sein Freund schelmisch. „Stimmt. Du wirst mich wohl nie verstehen", ging Phil mit einem lockeren Schulterzucken darauf ein.

„Ich würde mir auf jeden Fall nicht so einen Stress machen", verkündete sein Kumpel überzeugt. „Ja, klar", glaubte der Geschenke-Paniker ihm kein Wort.

„Mach es einfach kurz und schmerzlos. Geb ihr jetzt das Ding, mach dir noch ein paar Minuten Gedanken und dann können wir vielleicht auch mal wieder normal reden", machte sein Freund einen handfesten Plan und wenn man es so sagte, klang es auch ganz einfach...

„Nein! Nicht nochmal zweifeln! Zieh durch!", hielt er Phil auf, bevor er erneut abdriften konnte. Das war momentan echt schlimm!

„Ich tu es jetzt!", befolgte Phil seinen Rat und stand entschlossen auf. Er hatte sich auch schon zum Gehen abgewandt, als sein Freund ihn erinnerte: „Hast du nicht etwas vergessen?"

An seinem Finger baumelte der Fußball-Schlüsselanhänger. Mit einem etwas ruppigen: „Klappe!", schnappte er sich sein Geschenk wieder und zog wirklich ab. Erst als er aus dem schön warmen Aufenthaltsraum draußen war, wurde ihm bewusst, wie überstürzt und dämlich es war.

Selina hatte doch noch Unterricht, nur deswegen war sie ja auch gerade nicht bei ihnen beiden gewesen. Und jetzt? Sollte er wieder zu seinem Freund zurück gehen? Das wäre doch irgendwie dumm. Außerdem würde er sich dann nur wieder so unnötig Gedanken machen, so richtig nervig. Aber er konnte halt auch nicht in den Unterricht stürmen.

Es war echt faszinierend, wie er in letzter Zeit immer so viel nachdachte und doch gefühlt gar nicht. Stimmte es, dass Liebe dumm machte? Ein bisschen fühlte es sich schon so an.

Plötzlich klingelte es zur Pause. Ah. Dann hatte er die Zeit des Wartens doch überraschend gut rum gekriegt. Schnell machte er sich auf den Weg zu ihrer Klasse und musste sich dabei durch die ersten Wellen herausströmender Schüler kämpfen. Es hatte fast etwas Episches an sich oder etwas Lästiges, je nachdem in welcher Stimmung man gerade war, er war sich da auch nicht so sicher.

Und dann sah er sie, seine Freundin. Allein dieser Gedanke! Seine Freundin... Sie redete gerade mit ihrer besten Freundin Feli. Bekräftigend hatte Selina die Hand auf ihrer Schulter liegen und sie hatte dieses weiche, warme Lächeln, das sein Herz ganz... groß werden ließ.

Er war immer wieder verzaubert von ihr, so sehr, dass er erst im zweiten Moment bemerkte, dass ihre Freundin einfach ein kleines, dunkelblau glänzendes Geschenk in den Händen hielt, wie ein winziger Schatz.

Hatte sie das bekommen oder wollte sie es verschenken? So wie sie aussah, würde er ja eher auf die zweite Möglichkeit tippen und wahrscheinlich machte sie sich die gleichen Gedanken wie er. Wenn er es sich recht überlegte, hatte er die Idee auch erst durch ein Gespräch zwischen Feli und Selina bekommen. Aber an wen sollte es gehen? Feli war doch single...

Auf einmal bemerkte Selina ihn und ihre Augen leuchteten auf. Mittlerweile musste er echt das Herz eines Riesen haben! „Hallo!", begrüßte er sie und gab ihr ein kleines Küsschen. „Hallo", echote Selina und irgendwie sprach sie dieses schlichte Wort unglaublich aus.

Kurz sahen sie sich einfach nur an und für einen Moment war das zauberhaft, doch dann fiel ihm wieder ein, warum er eigentlich da war.

„Ähm, wollen wir vielleicht rausgehen? Wir halten hier ja den ganzen Verkehr auf", meinte Phil mit einem nervösen Lachen. „Klar. Aber ich muss erst noch…", mitten im Satz unterbrach Feli sie: „Nein, nein. Schon gut. Geht nur. Ich krieg das schon hin."

„Und du machst es auch wirklich?", fragte Selina mit auffordernd hochgezogenen Augenbrauen. „Ja, ja. Doch klar", antwortete ihre Freundin ein wenig zu schnell.

Sie wirkte immer noch unschlüssig. „Bist du dir sicher?", fiel es natürlich auch Selina auf: „ich kann gerne mitkommen."

„Alles gut. Ich mach das schon", meinte sie mit einer wegwerfenden Handbewegung. Na ja, überzeugend sah das immer noch nicht aus. Aber man konnte sie ja nicht zwingen, Hilfe anzunehmen und Phil hatte gerade auch genug eigene Gedanken, als dass er noch groß über sie grübeln könnte.

„Dann mal viel Glück mit was auch immer geplant ist", wünschte der Geschenkebringer ihr noch und dachte dabei an die Sache, die er selbst geplant hatte. Verlegen verzog sich Feli und sie beide folgten den letzten Nachzüglern nach draußen auf den Schulhof.

Wie immer war die Luft mit Gesprächen gefüllt, wie ein beständiges Summen und überall gammelten Schüler rum oder liefen ereignislos hin und her, ein paar Knirpse spielten auch fangen oder Füße treten.

Irgendwie kam ihm das nicht wie der richtige Ort für die Übergabe eines kleinen, romantischen Nikolaus-Geschenks vor. Es war halt Schule.

Vielleicht sollte er doch noch warten. Nach der Schule könnte er...

„Alles in Ordnung?", fragte Selina ihn aufmerksam und verschränkte ihre Finger mit seinen. „Nein, ähm, also ja, ich meine alles in Ordnung", sagte er schnell. Prüfend sah seine Freundin ihn an. „Na gut. Ich mach mir vielleicht zu viele Gedanken", gestand er mit einem kleinen Seufzen ein.

„Warum?", wollte sie einfühlsam wissen. „Keine Ahnung", meinte er mit einem Schulterzucken. Irgendwie fühlten sich diese ganzen Zweifel dumm an. Für einen Moment schlenderten sie einfach nur nebeneinander über den Schulhof.

Sie drängte ihn nicht, etwas zu sagen und das fühlte sich gut an. Sie war einfach nur da. Und auf einmal waren die Gedanken weg.

„Ich hab hier noch etwas für dich. Heute ist ja Nikolausabend", mit diesen Worten überreichte er ihr sein kleines Geschenk, als wäre es keine große Sache, dabei hatte er sich eben noch so große Sorgen wegen allem gemacht.

„Oh! Das ist ja süß! Danke!", total gerührt nahm Selina den Fußball-Anhänger an und gab ihm einen kleinen Kuss: „Gleich mache ich den auf jeden Fall an meinen Schlüssel! Das ist jetzt mein neuer Glücksbringer!"

„Es freut mich, wenn er dir gefällt", Phil konnte gar nicht aufhören zu grinsen. Ein gutes Geschenk zu machen, war doch genauso gut, wie eins zu bekommen.

„Hey, was hältst du von einem Fußball-Marathon?

Wir könnten uns nochmal die besten Spiele ansehen und dabei Plätzchen essen und Kakao mit Zimt trinken. So richtig weihnachtlich eben, das würde auch zu meinem neuen Schlüsselanhänger passen", schlug Selina begeistert vor.

„Das klingt nach einem tollen Plan!", stimmte ihr Freund ihr gleich zu und wilde Vorfreude sprudelte in ihm hoch. Ein Abend gemeinsam auf dem Sofa mit weihnachtlichen Snacks und spannenden Fußballspielen... Das klang doch wie ein Traum!

„Perfekt! Hast du heute Abend Zeit?", fing sie gleich mit der Planung an und wirkte genau so aufgeregt wie er.

Warum hatte er sich eigentlich solche Gedanken gemacht? Sie beide waren ein super Pärchen. Sie hatten Spaß zusammen und es funktionierte einfach. Es passte so perfekt!

„Phil?", fragte sie ihn und legte dabei total süß den Kopf leicht schief. „Nichts", antwortete er einfach nur glücklich. „Heute Abend?", wiederholte sie geduldig.

„Oh ähm, ja! Nein, warte. Heute muss ich meinen kleinen Bruder noch zu seinem Musikunterricht fahren, aber wie wäre es mit morgen?", überlegte er und wünschte sich dabei, sein Bruder könnte einfach zu Fuß gehen. Er wollte nicht noch einen Tag warten!

„Ja, morgen hätte ich Zeit", bestätigte sie den Termin ausgelassen und sprach dann genau seine Gedanken aus: „Allerdings würde ich am liebsten gleich noch starten!" „Wir könnten ja einfach den Rest der Schule schwänzen", erwiderte er scherzhaft.

„Du hast einen schlechten Einfluss auf mich", entgegnete sie und hängte sich voll an seinen Arm. „Du würdest mir also folgen?", fragte er spaßhaft dramatisch. „Mit dir würde ich bis ans Ende der Welt gehen", schloss sie sich spielerisch tragisch an.

„Oh, jetzt fühle ich mich ganz besonders", schmachtete er witzelnd. „Bist du ja auch", setzte sie noch einen drauf. „Du auch", entgegnete er liebevoll und gab ihr einen kleinen Kuss.

Dieser Moment war schon ein Nikolausgeschenk an sich. Für einen Wimpernschlag sahen sie sich einfach nur an und es war so ein unglaublicher Augenblick von Stille und Ruhe. Es brauchte gar keine Worte oder spektakuläre Gesten oder Geschenke... Man. Gerade fühlte Phil sich echt einfach nur glücklich und zufrieden.

Das musste Wolke sieben sein oder eher Wolke 70 so krass wie sich das anfühlte. Doch irgendwann musste jede Wolke platzen, in diesem Fall ironischerweise durch einen Fußball. Irgendein Fünfer oder so kickte ihm den Ball volle Kanne von hinten gegen die Beine.

Fast hätte er das Gleichgewicht verloren und wäre voll auf seine Freundin geflogen. Haltsuchend hatte er schon nach ihren Armen gegriffen. „Alles in Ordnung?", fragte Selina ihn mit einem kleinen Kichern.

„Natürlich", antwortete er mit einem Grinsen und drehte sich voller Energie um, um den Ball zurück zu kicken. Vielleicht war er dabei doch etwas zu energiegeladen. Der Ball zischte über den halben Schulhof und stieß dabei volle Kanne einen Mülleimer um. Oh.

„Schnell weg hier!", ausgelassen zog seine Freundin ihn am Arm und sie liefen schnell aus der Gefahrenzone. Total außer Atem erreichten sie den Aufenthaltsraum.

Sie fühlten sich wie die krassesten Gangster und gleichzeitig unglaublich glücklich und zuckrig-froh. Was für ein super Fußballmoment! Das würde auf jeden Fall eine der lustig-verliebten Erinnerungen werden, die man immer wieder zum Besten geben konnte.

Apropos... Er musste seinem Kumpel unbedingt davon erzählen. Oh. Oder auch nicht. Feli saß bei ihm am Tisch und dort lag noch das dunkelblau glänzende Geschenkpapier von dem kleinen Päckchen, das sie eben so zögerlich in den Händen gehabt hatte. Moment mal! Mit wachsender Erkenntnis drehte er den Kopf zu Selina um.

Entschuldigend lächelte sie ihn an: „Vertrauen unter Freundinnen." „Kein Ding", verständnisvoll legte er ihr die Hand auf die Schulter. Danach richtete er wieder seinen Blick auf ihre beiden besten Freunde, die gar nichts mitzubekommen schienen

Ganz weltvergessen saßen sie immer noch da und redeten ganz vertieft miteinander. Irgendwie wäre es falsch, sie jetzt zu unterbrechen.

„Was hat sie ihm eigentlich geschenkt?", raunte Phil seiner Freundin zu, die freundschaftliche Schweigepflicht sollte mittlerweile ja aufgehoben sein. „Einen kleiner Teddy mit einer Weihnachtsmütze, richtig knuffig", antwortete sie und ergänzte stolz: „War meine Idee, weil sie immer meint, er würde wie ein Teddy grinsen."

„Hättest du einen Teddy schöner gefunden?", fragte er mit einem spaßhaften, kleinen Stupser. „Es ist perfekt", erwiderte sie glücklich und lehnte sich nochmal an ihn. Gedankenverloren strich er durch ihre weichen Haare und betrachtete dabei ihre Freunde, die auch so süß und... strahlend aussahen.

All die überraschenden Nikolausgeschenke, die diesen Tag besonders gemacht hatten und vor allen Dingen die Menschen dahinter.

Ja, sie hatte recht, es war wirklich perfekt.

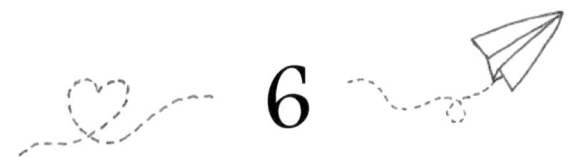

6

Niko und Klaus

Es war wieder Nikolaustag! Ihr Tag! Niko und Klaus, das war doch die perfekte Kombination! Voller Energie wachte Niko auf, als der Wecker klingelte. Er freute sich schon so auf die Schule. Das würde ein denkwürdiger Nikolaustag werden!

„Warum hast du so viel Energie?", grummelte Klaus und griff verschlafen mit dem Arm nach ihm. „Heute ist doch Nikolaustag!", erinnerte Niko ihn ausgelassen und verschränkte die Finger mit seinen.

„Du bist der motivierteste Referendar, den ich kenne", müde drehte sich sein Freund auf die Seite, um ihn ansehen zu können. „Es kann ja nicht jeder so eine Arbeitsmoral wie du haben", neckte Niko ihn und drückte liebevoll einen Kuss auf seinen Handrücken: „Du wirst mal ein toller, strenger Lehrer, vor dem die Kinder Respekt und Angst haben."

„Danke für deine Einschätzung", meinte Klaus mit einem kleinen Lachen: „Dir werden die Kinder auf der Nase rum tanzen." „Nein, ich werde mit ihnen tanzen", erwiderte Niko strahlend. „Du bist so ein Träumer", erwiderte der andere Referendar und sein Lächeln wurde von einem herzhaften Gähnen unterbrochen.

„Du meinst wohl eher, dass ich ein Traum bin", konterte das Energiebündel gut gelaunt. „Wie kann man nur so früh morgens schon so wach sein?", fragte Klaus verständnislos und vergrub seinen Kopf unter einem Kissen.

„Es ist Nikolaustag!", antwortete Niko als wäre das die Erklärung für alles und pflückte das Kissen von seinem Freund: „Es ist unser Tag! Es gibt Schokolade!" „Schokolade ist gut", stimmte der Morgenmuffel ihm träge zu.

„Wenn du brav bist, bekommst du auch einen Schokoladennikolaus", stellte der absolute Weihnachtsfan ihm in Aussicht. „Uh. Wer könnte da widerstehen?", säuselte die Schlafmütze mit einem verschmitzten Lächeln.

„Wir sollten uns jetzt wirklich mal fertig machen", bevor Niko seinen Worten auch Taten folgen lassen konnte, zog Klaus ihn auf einmal zurück ins Bett. Überrumpelt lachte der Motivierte auf.

„Wir haben doch noch Zeit", murmelte Klaus und sein Atem streifte Nikos Schulter. „Nicht wenn du noch in Ruhe deinen Kaffee trinken willst", widersprach sein Partner und gab ihm einen kleinen Kuss bevor er endgültig aufstand.

Deutlich weniger dynamisch raffte sich auch Klaus auf. Wie immer schlurfte er wie ein Zombie durch die Wohnung, während sein Freund fleißig wie ein Weihnachtswichtel umher wirbelte und alles Mögliche machte.

Teilweise waren sie schon sehr unterschiedlich, aber es funktionierte, sie ergänzten sich einfach. Mit diesem Gedanken trank Klaus den Kaffee, der ihn schön von innen wärmte und ihm half, richtig wach zu werden, auch wenn Niko mit seiner ganzen Art diesen Prozess schon gut eingeleitet hatte. Apropos Niko...

Stolz kam er in einem Nikolauskostüm ins Wohnzimmer und der Morgenmuffel verschluckte sich fast an seinem Kaffee. Er hatte zwar gewusst, dass Niko als Nikolaus in der Schule Schokolade verteilen wollte, aber... der Auftritt war einfach so aus dem Nichts gekommen!

„Ho, ho, ho! Warst du dieses Jahr artig?", fragte der Verkleidete mit schlecht verstellter Stimme.

„Nein, wahrscheinlich nicht. Ich verdiene wohl die Schokolade für unartige Jungs", antwortete Klaus ehrlich: „Ich hab an meinem ersten Tag in der Schule nicht darauf geachtet, wo ich hinfahre und hätte fast einen meiner Kollegen überfahren. Und als er mir ausgewichen ist, hat er sich seinen halben Tee übergeschüttet."

„Aber daraufhin hast du ihm dein Hemd gegeben und bist mit dem T-Shirt rumgelaufen, das du noch darunter angehabt hattest. Und du hast ihn auf einen Tee eingeladen, das war sehr artig", dachte auch Niko an ihre erste Begegnung zurück. „Wenn du das sagst...", meinte Klaus nur und trank mit einem kleinen Lächeln weiter.

„Wir müssen aber auch gleich los, immerhin habe ich heute eine heilige Mission, da können wir nicht nochmal kurz vor knapp kommen", drängte der Motivierte ihn ausgelassen. „Ja, ja, du und deine heilige Mission", grinsend schüttelte der Kaffee-trinker den Kopf: „Spann doch schon mal die Ren-tiere vor den Wagen."

„Das ist der Weihnachtsmann, der Nikolaus hat keinen Rentierschlitten", klärte Niko ihn auf. „Schade, eine Schlittenfahrt hätte sicher Spaß gemacht", meinte Klaus locker. „Können wir ja noch machen, wenn der erste richtige Schnee liegt", erwiderte der energiegeladene Nikolaus mit einem Zwinkern.

„Ich freu mich schon drauf", ehrlich lächelte der Rationale ihn an. Niko brachte so viel Energie und Unbeschwertheit in seinen Alltag. Es war immer wieder unglaublich schön.

„Bist du jetzt bereit?", fragte sein schon ziemlich verrückter Freund. Kurzerhand trank er seinen Kaffee leer. Er würde ja sowieso keine Ruhe ge-ben.

Und schon machten sie sich auf den Weg zur Schule, auch wenn es ein wenig seltsam war, den Nikolaus als Beifahrer zu haben. Noch viel selt-samer würde es jedoch auf der Rückfahrt werden, wenn es hell genug war, dass die anderen Auto-fahrer ihn auch sehen konnten.

Jeder andere hätte dieses Kostüm wahrscheinlich nur angezogen, um die Schokoladennikoläuse zu verteilen und sich dann wieder normal gekleidet, aber Niko war halt nicht normal und besonders die

Fünfer würden es sicher toll finden, vom Nikolaus unterrichtet zu werden.

Kaum dass sie auf dem Parkplatz angekommen waren, sprang das auffällige Energiebündel auch schon aus dem Auto, total bereit die letzten Vorbereitungen zu treffen, was eigentlich nur das Aufschließen von einem Lagerschrank war.

Und bei all seiner Vorfreude vergaß er glatt seinen Rucksack im Kofferraum. Völlig selbstverständlich nahm Klaus ihn einfach mit.

Etwa auf der Hälfte der Treppe zum Schulgebäude, die Niko schon mit endlosem Tatendrang hochgestürmt war, fiel ihm auch mal auf, dass er etwas vergessen hatte.

Fahrig drehte er sich wieder um und als er seinen Freund mit beiden Taschen sah, hellte sich sein Gesicht auf. „Du bist ein super Weihnachtself!", rief er ihm strahlend zu und zeigte zwei Daumen hoch.

„Ich dachte, du hast nichts mit dem Weihnachtsmann zu tun!", musste Klaus nochmal einhaken, er konnte einfach nicht widerstehen. „Hier geht es ja auch um dich und nicht um mich", verteidigte sich der Verkleidete ausgelassen und beendete doch tatsächlich ihr halb geschrienes Gespräch: „Wir sehen uns später! Ich liebe dich!"

„Ich dich auch!", erwiderte der gekürte Weihnachtself und sah Niko hinterher, wie er als roter Blitz verschwand.

Bis zur ersten großen Pause, in der sie zusammen Schulhofaufsicht hatten, sahen sie sich tatsächlich nicht. Als Nikolaus war man aber auch sehr beschäftigt.

„Und? Hattest du Spaß als Schokoladenliefe-rant?", erkundigte sich Klaus, auch wenn Nikos glücklicher Gesichtsausdruck eigentlich schon alles sagte.

„Der Nikolaus steht für mehr, als nur Schokolade. Es geht um Fröhlichkeit und Wärme und Zusam-menhalt und Ehrlichkeit...", fing Niko an aufzuzäh-len.

„Du hast sicher einen tollen Job gemacht", unter-brach Klaus ihn und tätschelte seine Schulter. „Ich hab dir sogar etwas mitgebracht", stolz zückte sein Freund einen Schokoladennikolaus: „Es war noch einer extra für dich übrig."

„Danke. Das ist echt süß", zufrieden nahm Klaus sein Geschenk an. Schokolade war doch immer gut.

„Auf uns!", grinsend hielt Niko noch einen zweiten Nikolaus für sich selbst hoch und Klaus stieß un-beschwert mit seiner Schokofigur an. Doch dann passierte es...

Einem kleinen Jungen in der Nähe fiel sein Scho-koladennikolaus runter und zwar ausgerechnet in eine dreckige Pfütze, mit drei-Sekunden-Regel war also auch nichts mehr zu holen.

Total entsetzt blickte der Kleine auf den Boden und gab ein langgezogenes, dramatisches „Neei-in!" von sich. „Tja, du hättest es gleich in der Klas-se essen sollen", kommentierte ein anderer und klopfte ihm auf den Rücken.

„Aber ich wollte es doch genießen", klagte der Junge mit der gefallenen Schokolade.

„Pech gehabt", zeigte der andere kein Mitgefühl. Aber jemand anderes tat es... „Hier, du kannst meine Schokolade haben, genieß es", mit diesen Worten hielt Klaus dem Unglücklichen einfach seinen Nikolaus hin.

„Oh! Danke, Herr Zingerling!", regelrecht andächtig nahm der Junge die Schokolade und zog strahlend ab. „Du wärst sicher auch ein toller Nikolaus. Das war echt süß", meinte Niko und knuffte seinen Freund in die Seite: „Hier. Ich teile dafür meinen mit dir."

„Das ist auch sehr süß. Ich gebe dir eine glatte eins als Nikolaus", verkündete Klaus mit einem verliebten Lächeln. „Warum keine eins plus?", feilschte der Nikolaus wie diese nervigen Schüler.

„Eine eins plus gibt es bei mir nicht", stellte der Morgenmuffel klar, da machte er keine Ausnahmen. „Und was wäre mit einem Sternchen?", gab sein Freund nicht auf. „Du bist mein Sternchen, reicht dir das?", erwiderte Klaus mit Romantikpotenzial.

„Ja, das ist mehr als genug", willigte Niko ein und brach den Nikolaus in zwei Hälften, was wie durch ein Wunder nicht mit tausenden Bruchstücken endete. Zufrieden nahm Klaus den ersten Bissen. Vollmilchschokolade... nicht ganz sein Favorit, er mochte ja lieber schön aromatische Zartbitterschokolade, aber Schokolade war trotzdem immer gut.

„Du hast da was", liebevoll strich ihm das strahlende Energiebündel einen Fleck über der Lippe weg. Ohne nachzudenken neigte er sich nach vorne und gab Niko einen kleinen Kuss. Oh. Jetzt erst dachte er wieder daran, dass sie mitten auf dem Schulhof standen und gerade schauten alle in der Nähe zu ihnen.

Der Nikolaus hatte einen Mann geküsst... Besonders die Kleinen hatten ganz große Augen. Es würde sicher interessant sein, was sie heute Mittag ihren Eltern erzählten...

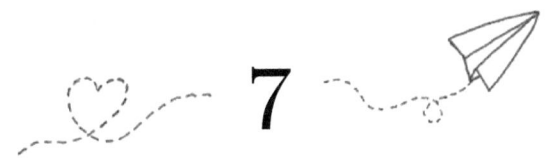

7

Weihnachtsmusik überall

Gemütlich saßen Emely, Liane und Tiziana zusammen in ihrem Aufenthaltsraum. Die drei Freundinnen machten gemeinsam ein FSJ an ihrer alten Schule. Wegen dem Lehrermangel, der durch die Grippewelle noch zusätzlich verstärkt wurde, mussten sie in letzter Zeit ständig Vertretungsstunden machen, aber heute war ein schön ruhiger Tag.

Für ein bisschen Weihnachtsstimmung startete Emely ihre Weihnachtsplaylist. Häh? Warum spielte es nicht ab?

Verwirrt erhöhte sie die Lautstärke. Immer noch nichts. Das konnte doch nicht wahr sein! Sonst funktionierte es doch immer!

Plötzlich schmetterte das Handy in voller Lautstärke „Have yourself a merry little Christmas". Was war da denn los? Das ergab doch überhaupt keinen Sinn! Oh. Nein, das war doch nicht echt passiert! Oh nein!

Mit einer ganz miesen Vermutung machte sie die Musik wieder aus. Hoffentlich irrte sie sich. Aber was, wenn nicht? Was, wenn ihr Handy noch mit ihrer Box verbunden war, die ihre Schwester heute für ein Musikreferat mitgenommen hatte? War Musik nicht genau jetzt? Und einer der Musiksäle war doch genau über ihnen…

Das konnte doch nicht so punktgenau mieses Timing sein! Was, wenn gerade mitten in ihrem Referat Frank Sinatra durch den Raum geschallt war? Oh Gott! Arme Kati!

Sie sah ihre Schwester förmlich vor sich, wie sie vor Schande im Boden versank. Wenn das wirklich möglich wäre, wäre sie sicher längst durch die Decke gefallen und hätte die Plätzchen auf ihrem Tisch unter sich zerkrümmelt. Das wäre immer noch ein besseres Schicksal als danach vor der Klasse zu stehen.

Aber vielleicht war es ja gar nicht so. Vielleich war ja gar nichts passiert. Nur was, wenn doch? Sie durfte nicht einfach hier sitzen und sie damit alleine lassen. Sie musste nachsehen. Allerdings stand sie dann richtig blöd da, wenn doch nichts war, eigentlich auch, wenn es passiert war. So oder so war es eine super üble Situation.

Dabei wollte sie doch nur ein bisschen Weihnachtsstimmung!

„Hey, Emely, was ist los?", erkundigte Liane sich mit leicht schiefgelegtem Kopf. Bei dieser neugierigen Geste erinnerte sie immer an einen Vogel.

„Ich hab vielleicht mitten in Katis Referat Have yourself a merry little Christmas abgespielt", sagte sie gerade heraus und fühlte sich dabei einfach nur mies. Etwas unangebracht prustete Tiziana voll los.

Emely fand das ja gar nicht lustig. Das war doch eine richtige Katastrophe!

„Das ist mies", zeigte Liane sich mitfühlend. „Was soll ich jetzt tun?!", total verzweifelt kaute Emely auf ihrer Lippe rum. Sie wollte nicht wie ein Idiot dastehen, aber sie wollte auch nicht, dass ihre Schwester wie ein Idiot dastand. Eigentlich wusste sie, was sie tun musste. Es gab nur diese eine richtige Möglichkeit, doch dafür bräuchte sie schon eine Portion Mut und davor wollte sie sich eigentlich lieber drücken.

„Ich weiß nicht", gestand Liane und legte ihren Kopf auf die andere Seite. „Mach es nochmal an!", forderte Tiziana sie immer noch vor Lachen schnaubend auf. „Nein", stellte Emely entschieden klar, auch wenn es nie wirklich zur Debatte gestanden hatte.

„Willst du, dass ich mitkomme?", bot Liane ihr vorsichtig an: „Ich könnte im Flur warten, so als emotionaler Beistand."

Einen kleinen Moment zögerte Emely noch und hielt sich an dieser wundervoll leichten Möglichkeit fest, es einfach zu ignorieren. Aber dann nickte sie doch und besiegelte damit ihre blöde, pflichtbewusste Entscheidung.

Ganz langsam stand sie auf und schluckte noch einmal schwer. Eigentlich war es doch gar nicht so schlimm. Es war nur ein kleiner Fehler gewesen und es würde auch nur eine kleine Entschuldigung werden. Nur nicht reinsteigern.

Dummerweise steigerte sie sich mit jeder Stufe nach oben nur weiter rein.

Und dann stand sie vor der grauen Tür des Musiksaals. Noch nie hatte sie die Treppen nach oben als zu kurz empfunden. Hinter ihr standen ihre beiden besten Freundinnen. Liane schnitt ihr zerknirschtes Vogelgesicht und Tiziana wirkte eher frech-erwartungsvoll.

Sie wollte sich nicht blamieren!

Irgendwie nahm sie all ihren Mut zusammen und klopfte an. Ohne auf eine Antwort zu warten, öffnete sie in der nächsten Sekunde die Tür, sonst hätte sie am Ende doch nur wieder einen Rückzieher gemacht.

Auf einmal stand sie da im Klassenraum. Ihre Schwester befand sich mit hochrotem Kopf vor der Tafel und ihr Gesicht reichte als Bestätigung, dass sie wirklich ihr Referat zerstört hatte. Und dabei war Kati bei so Sachen doch sowieso schon richtig perfektionistisch und nervös. Es tat ihr so leid!

„Ähm. Hallo. Ich wollte nur Bescheid sagen, dass ich für dieses kleine Musik-Malheur verantwortlich war. Bitte ziehen Sie meiner Schwester dafür nichts ab. Entschuldigung. Tschüss", bevor die Peinlichkeit unerträglich werden konnte, schlüpfte Emely durch die Tür wieder raus.

Sofort schlug sie die Hände vors Gesicht. Das war so schlimm gewesen! Diese Klasse würde doch nie wieder Respekt vor ihr haben!

„Du hast das Richtige getan", einfühlsam legte Liane ihr die Hand auf die Schulter und Tiziana war sogar so nett, nicht zu lachen. Einfach peinlich. Aber Liane hatte recht, es war das Richtige gewesen. Nur machte diese Gewissheit es nicht wirklich besser. Ein Hoch auf die Geschwisterliebe!

Schnell huschten die drei Freundinnen wieder in ihren FSJ-Aufenthaltsraum. „Hat doch gut geklappt", meinte Liane mit einem Schulterzucken, einfach nur, um irgendetwas in dieser Stille zu sagen.

Mit hochgezogenen Augenbrauen warf Emely ihr einen vielsagenden Blick zu, bevor sie ihren Kopf auf die Tischplatte legte. In solchen Momenten fühlte sie sich einfach immer noch wie eine Schülerin, als hätte sich nichts geändert. Aber ihr Leben war ja auch nicht großartig weiter gegangen.

Nein, eigentlich wollte sie sich gerade nicht auch noch damit runterziehen.

Träge zogen die Minuten dahin. Liane las einen der Pädagogik-Ratgeber, die die Schule ihnen in diesem Raum bereitgestellt hatte und in die vor ihr sicher noch nie jemand ernsthaft reingeschaut hatte, Tiziana war einfach am Handy und Emely suhlte sich weiter ausgiebig in Selbstmitleid.

Nachdenklich starrte sie den Teller mit Plätzchen an. Ihre Schwester war ja nicht durch die Decke gefallen und hatte sie nicht in Krümel verwandelt. Sie sahen wirklich einladend aus und wenn sie einen oder auch sechs aß, fühlte sie sich bestimmt besser, doch sie wollte sich gar nicht besser fühlen. Heute war einfach nicht ihr Tag.

Auf einmal klopfte es an der Tür. „Einer von euch ist dran", legte Emely voll deprimiert fest. Nach einem kleinen Blickkampf raffte Liane sich auf und öffnete die Tür.

Oh! Im Türrahmen stand Alejandro, der super attraktive spanische Neffe von Frau Rosen, der zu Besuch da war. Er war sogar in ihrem Alter! Und er spielte Fußball und Klavier. Und er war muskulös und gebräunt und ständig absolut hinreißend am Lächeln und dabei funkelten seine dunklen Augen so traumhaft... Einfach ein Hauptgewinn.

Fast hätte Liane schwärmerisch geseufzt. Doch er hatte kaum einen Blick für sie übrig. Nach einem kleinen, netten Lächeln schaute er unverhohlen an ihr vorbei in den Raum und zwar direkt zu E-mely.

„Du heißt Emely, oder?", fragte er sie mit diesem aufregenden Akzent in der Stimme. Er kannte sogar ihren Namen!

„Ähm. Ja?", nervös richtete sie sich schnell auf und wusste nicht so recht, wie sie reagieren sollte. Sollte sie aufstehen oder sitzenbleiben oder doch etwas ganz anderes? Was war hier eigentlich auf einmal los? Warum war er hier? Das brachte ihre Pechvogeleinstellung gerade total durcheinander. Außer natürlich das, was auch immer es war, wurde eine Vollkatastrophe.

„Wollen wir vielleicht raus gehen? Das Wetter ist gerade sehr schön", bot er ihr mit seinem bezaubernden Lächeln an. „Ähm, ja. Klar. Warum auch nicht", immer noch total perplex stand sie auf und tappte zu dem absoluten Mädchenschwarm rüber. „Viel Glück", raunte ihr Liane noch begeistert zu und leider war sie so schlecht im Flüstern, dass Alejandro es wahrscheinlich auch gehört hatte.

Nervös lächelte Emely und sagte zu ihren Freundinnen nur schnell: „Bis später."

Zum Gruß hob der außergewöhnliche Besuch auch noch einmal die Hand und dann gingen sie einfach raus. Ja, einfach so. Als hätten sie das schon tausendmal getan. Als wäre es keine große Sache. Na ja, streng genommen war es das ja auch nicht. Sie steigerte sich viel zu sehr in diese einfache Situation rein.

Draußen empfing sie die strahlende Wintersonne, die jedoch nichts gegen die eisige Kälte in der Luft ausrichten konnte. Ihr Atem bildete sofort weiße Wolken und Emely konnte es sich nicht verkneifen einmal ein kleinbisschen zu hauchen, dafür würde sie wohl nie zu alt werden.

„Alles in Ordnung?", fragte Alejandro sofort aufmerksam. Wie peinlich. Hätte sie ihr inneres Kind nicht einmal im Zaum halten können?

Auf die Schnelle fiel ihr keine gute Ausrede ein, also wurde es schlicht die Wahrheit: „Ja, das war... nur ein Spaß. Du weißt schon mit den Atemwölkchen."

Frech zog sich sein Mundwinkel nach oben und er hauche eine extra große Wolke in die Luft. Ein kleines, ausgelassenes Lachen brach aus ihr heraus. „Ich finde es toll, dass du eben so offen warst", sagte er aus dem Nichts und lächelte dabei gegen die Kälte des Winters an. Verwirrt runzelte sie die Stirn.

„Du hast mich bestimmt nicht bemerkt, ich war gerade eben in der Klasse, der von deiner Schwester. Ich war dabei als du den Musikpatzer aufgeklärt hast. Offen und mutig. Ich dachte, ich kann es dir ja nachmachen und dich auch ganz frei und tapfer ansprechen", erklärte er ihr mit einem echt süßen Lächeln.

Er war bei der peinlichen Aktion dabei gewesen? Eigentlich war das ja ein Grund, um wieder im Erdboden verschwinden zu wollen, doch er hatte es toll gefunden... Sie konnte es gar nicht glauben. Dieser Tag hatte wirklich eine Wendung um 180° genommen!

Die Frage war nur, was man auf so einen krassen Einstieg antwortete. „Ich hätte nie damit gerechnet. Also, dass du mich ansprichst und so...", ihr fiel einfach nichts Besseres ein, als ihre Überforderung laut auszusprechen.

„Ja, das war ja auch sehr spontan", gestand Alejandro und kratzte sich verlegen am Nacken. „Ich bin froh, dass du es getan hast", wagte Emely ein wenig mehr und lächelte vorsichtig. „Ich bin auch froh", meinte er so verdammt charmant: „Und es war ein wirklich gutes Lied."

„Ich habe halt einen guten Geschmack", erwiderte sie scherzhaft und es überraschte sie selbst, wie locker sie auf einmal sein konnte.

„Das auf jeden Fall", stimmte er ihr unbeschwert zu: „Weihnachtsmusik gehört in dieser Zeit einfach dazu. Genau das hatte dem Referat und der ganzen Stunde wirklich gefehlt."

„Ich finde auch, dass Musik viel ausmacht", schloss sie sich ihm energiegeladen an: „Das ist quasi reines Gefühl und einfach nur Stimmung."

„Genau!", war er ganz ihrer Meinung und fing auf einmal an die Melodie von „Have yourself a merry little christmas" zu summen.

Die fröhlichen Töne passten einfach perfekt zu diesem Augenblick. Verträumt begann sie damit zu pfeifen. Sie tauschten einen glücklichen Blick. Es brauchte keine Worte. Weihnachtsmusik überall...

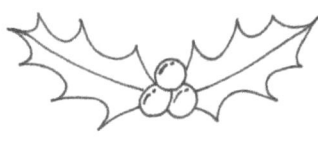

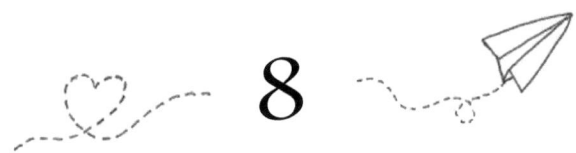

8

Überraschung auf vier Pfoten

Amadeus war der beste Lernpartner, den man sich vorstellen konnte. Er hörte geduldig zu, strahlte eine tierische Energie aus und konnte einen auch ablenken, wenn man mal nicht weiterkam. Manchmal lenkte er einen aber auch einfach nur so ab. Auf jeden Fall war er ein wahrer Schatz.

Alle freuten sich immer ihn zu sehen. Auch heute hatte Frau Julius ihn wieder dabei. „Amadeus!", riefen gleich mehrere Stimmen in der Klasse und der kleine, flauschige Hund tippelte schwanzwedelnd durch die Reihen.

Verzückt streichelten ihn alle, an denen er vorbeikam und warteten darauf, wen er auswählte, um ihm sein Spielzeug zu werfen. Schließlich stoppte er vor Marko.

Auffordernd blickte Amadeus ihn an. Sofort hob der Sportler den angesabberten Teddy hoch und wartete noch einen kleinen Moment, in dem der Hund ganz erwartungsvoll hin und her wackelte.

Weit holte er aus und pfefferte das Spielzeug durch den ganzen Raum. Ohne Rücksicht auf Verluste preschte das flauschige Energiebündel durch den Raum. Erschrocken gab Kevin ein ganz verrücktes Geräusch von sich, als der Hund voll an seinen Beinen vorbeirauschte. Eigentlich nichts Schlimmes, aber weil Kevin gerade halb geschlafen hatte, reagierte er total über.

Zusätzlich zu diesem albernen Laut riss er die Arme in die Luft und schmiss dabei seinen Kaffee um, den er eigentlich gar nicht im Raum haben dürfte. Und der Becher landete voll auf Rieke, die neben ihn gesetzt worden war, weil sie zu viel mit Lara gequatscht hatte.

Überrumpelt keuchte sie auf und machte einen Satz nach hinten. Es hätte nicht mehr viel gefehlt und sie wäre auch noch mit dem Stuhl umgekippt, doch das passierte glücklicherweise nicht auch noch in dieser tierischen Kettenreaktion.

„Kevin! Ernsthaft?!", anklagend sah sie ihren ungewollten Sitznachbarn an und hob ihr mit Kaffee durchtränktes Oberteil angewidert mit zwei Fingern an. Wenigstens war die Brühe nicht mehr heiß gewesen, dann wäre es erst so richtig schlimm geworden.

„Ich kann doch nichts dafür! Das war dieser Hund!", rechtfertigte die Schlafmütze sich.

„Amadeus? Der macht doch nie was! Er hat nur gespielt!", verteidigte Rieke den Schulhund entschieden.

„Dann ist es der schuld, der dieses dumme Spielzeug in unsere Richtung geworfen hat!", sah er es immer noch nicht ein.

„Ich kann nichts dafür, wenn du schläfst", schob auch Marko die Schuld von sich und hob wie zum Beweis die Hände.

Amadeus gab ein Fiepen von sich, das fast wie eine treuherzige Entschuldigung klang. „Alles gut", richtete sich das Kaffeeopfer an den wuscheligen Hund. „Hast du was zum Umziehen dabei?", mischte sich nun auch ihre Lehrerin ein.

„Nein", seufzte Rieke so richtig resigniert. „Ich hätte noch ein Sport-T-Shirt", meldete sich der Werfer überraschend erneut zu Wort. Rieke reagierte sehr zurückhaltend. „Keine Sorge, es ist frisch gewaschen", schob er noch hinterher.

„Ähm ja. Danke", nahm sie an, aber sie hatte ja auch nicht wirklich eine andere Wahl. „Kann ich kurz zum Spind?", fragte Marko, schon halb aufgestanden.

„Ob du kannst, weiß ich nicht, aber du darfst gerne", brachte ihre Lehrerin einen richtigen Standardspruch. Haha. Wortlos stand er auf und Rieke sah ihm unschlüssig hinterher.

Sollte sie ihm schon folgen? Es ging ja um ein T-Shirt für sie. Markos T-Shirt. Sie würde Markos T-Shirt tragen. Irgendwie war das ein komischer Gedanke. Auffordernd stupste Amadeus sie an und blickte auf den Teddy, den er ihr gebracht hatte. Natürlich, das ganze Chaos war kein Grund mit dem Spielen aufzuhören.

Kurzerhand warf sie das Spielzeug und er brachte es direkt wieder zu ihr zurück. War sie jetzt seine Lieblings-Spielgefährtin für diese Stunde? Bei dem Gedanken musste sie leicht schmunzeln und warf den Teddy erneut, doch dieses Mal fiel die Flugbahn ein wenig schiefer als geplant aus. Oh oh.

Marko kam gerade in die Klasse zurück. Er wurde voll getroffen. Zum Glück reagierte Amadeus sofort und bremste ab. Das Energiebündel schlitterte über den Boden und knuffte leicht gegen Markos Beine.

„Wer war das?", fragte der Sportler und hob den angesabberten Teddy wie ein Beweisstück hoch. „Das war ich. Entschuldigung. Tut mir leid", kam es sofort mit eingezogenem Kopf von dem Kaffee-Opfer. „Du warst es? Nachdem ich extra mein T-Shirt für dich holen war", meinte er gespielt dramatisch und warf zum Abschluss seiner Rede Amadeus Spielzeug, sodass die flauschige Energiekanone wieder durch die Klasse zischte. Sehr dramatisch.

„Kannst du Rieke bitte das T-Shirt geben, damit wir mit dem Unterricht fortfahren können?", bat Frau Julius ihn freundlich aber bestimmt. „Hier", lässig warf Marko sein T-Shirt rüber und Amadeus war für einen Moment total verwirrt. Rieke reagierte auch nicht besser, sie war so überfordert, dass sie das T-Shirt nicht einmal fing, peinlich. Schnell hob sie es vom Boden auf.

„Ähm. Ich geh mich dann mal umziehen", meinte sie noch etwas zeitverzögert und wuselte fahrig aus der Klasse.

Oh man! Heute war alles irgendwie so komisch. Mit den Gedanken einfach überall und nirgendwo tappte sie bis zum Mädchenklo und zog sich auch gleich um. Mittlerweile war der Kaffeefleck richtig kalt geworden und halt eklig, anhänglich nass. Einfach bäh.

Im Vergleich dazu fühlte sich Markos T-Shirt so warm und behaglich an. Es war richtig bequem, wenn auch mindestens drei Nummern zu groß, man konnte sich total darin einkuscheln. Tief atmete sie ein und es roch ganz frisch nach Waschmittel. Fast schon hätte sie sich gewünscht, es würde nach ihm riechen, wie immer in all den Filmen und Büchern... Nein.

Das war doch völliger Schwachsinn! Immerhin ging es hier um Marko und er war immer so... Keine Ahnung, er war einfach so... unerreichbar. Gedankenverloren knibbelte sie an dem T-Shirt Saum rum.

Diese Ereigniskette war doch echt verrückt gewesen! Und was ihr Herz jetzt machte, war auch verrückt. Irgendwie war das alles so chaotisch. Sie sollte zurück in die Klasse gehen. Der Gedanke fühlte sich seltsam falsch an. Wenn sie nur daran dachte in seinem T-Shirt da zu sitzen... Na ja, so besonders war es eigentlich gar nicht. Es war nur eine nette Geste gewesen. Genug nachgedacht!

Entschlossen raffte Rieke alles, was von ihrer Vernunft noch übrig geblieben war, zusammen und machte sich auf den Weg. Vor der Tür hatte sie dann doch nochmal einen Anfall von akutem Zögern. Drinnen hörte sie Amadeus freudigen schnellen Schritte.

Er war wirklich ein unglaublich toller Lerngefährte und machte jede Schulstunde lockerer. Das konnte sie doch nicht verpassen. Sie musste sich zusammenreißen. Kurz atmete Rieke durch und stellte sich dem tierischen Chaos.

Amadeus begrüßte sie gleich mit einem Schwanzwedeln und brachte ihr auch gleich sein Spielzeug. Schon süß. Gerührt hob sie es auch direkt auf und warf es, dieses Mal ohne Unfall.

„Wuhuu! Homerun!", rief Marko ihr und ihrem pelzigen Freund zu, doch es klang gar nicht verspottend oder so oder wollte sie nur, dass er sie anfeuerte? Verdammt! Wieder so viele Gedanken! Rieke spürte richtig, wie sie rot anlief. Hastig huschte sie auf ihren Platz neben dem idiotischen Kaffeetrinker zurück und wäre dabei fast über den Hund gestolpert, der vorfreudig genau vor sie gelaufen war.

Wenn sie sich jetzt noch hingelegt hätte... Mehr Peinlichkeit könnte sie echt nicht ertragen. Verlegen machte sie sich auf ihrem Platz ganz klein.

Von hinten sah er sie. Marko konnte den Blick gar nicht mehr abwenden und er wusste nicht einmal warum. Wie sie da in seinem T-Shirt reingekommen war und Amadeus angelächelt hatte...

Und eben dieser dämliche Homerun-Spruch....
Wie war er bitteschön darauf gekommen? Warum
machte er sich gerade überhaupt so viele Gedanken darüber? Er kannte Rieke doch schon eine
Ewigkeit und sie war immer nur das gesprächige,
leicht aufgedrehte Mädchen gewesen. Das hatte
ihr ja auch den Platz neben Kevin eingebrockt.
Sie war eigentlich nichts Besonderes, ja, eigentlich...
Auf einmal rammte sein Sitznachbar ihm den Ellenbogen in die Seite. Aha. Vor ihm war wieder
der goldige Vierfüßler, der das ganze Chaos ver-
ursacht hatte. Natürlich. Locker warf er den Teddy
noch einmal und ausgerechnet in Riekes Richtung. Sie war wie ein Magnet. Zum Glück passierte dieses Mal nichts.
„Ja, ich weiß. Amadeus mögt ihr mehr, als mich,
aber ich will trotzdem eine Antwort", meldete sich
Frau Julius auf einmal zu Wort. Oh. Dafür war der
Ellenbogenstoß gewesen. Verdammt. Unsicher
schielte Marko zu seinem Sitznachbar rüber.
Er hatte die Frage absolut nicht gehört, um ehrlich
zu sein, war er die ganze Stunde lang nicht richtig
anwesend gewesen. Er hatte überhaupt keinen
Plan, was er sagen könnte.
„Könnten Sie die Frage bitte wiederholen?", bat er
sie einfach mal extra höflich. „Ich wollte, dass du
mir deine Meinung zu der Entwicklung von Fausts
Charakter sagst", wiederholte sie fast schon amü-
siert.

„Ja, ähm natürlich…", schnell improvisierte sich der Sportler eine Antwort, bei der man leider total merkte, dass sie improvisiert war. Aber was sollte man auch anderes erwarten? Es war einfach offensichtlich, dass er abgelenkt war und er verstand selbst nicht warum!

„Aha", meinte die Hundebesitzerin und ihr Unterton war ziemlich tadelnd: „Hat jemand eine andere Ansicht?" Erleichtert atmete er auf, als er endlich aus dem Schneider war. Dieser plötzliche Anfall von Lehrerstrenge war echt gar nicht lustig gewesen und auch so unnötig!

Automatisch schielte er zu Rieke rüber. Eine seltsame und nicht gerade gute Angewohnheit.

Aber er konnte einfach nicht anders, als sich zu fragen, ob sie ihn jetzt für dumm hielt. Allerdings war er ja noch nie so ein Streber gewesen. Mit einem fordernden Fiepen stupste Amadeus ihn am Bein an und er warf das Spielzeug erneut. Und dann war wieder Rieke dran. Es ging zwischen den beiden immer hin und her, beinahe so als würden sie miteinander spielen…

Bildete er sich diese seltsame Verbindung nur ein? Manchmal hatte er das Gefühl, dass das Mädchen in seinem T-Shirt beim Werfen mit dem Blick nach ihm suchte, doch sie schaute immer ganz schnell wieder weg. In der Luft lag so eine ungreifbare Spannung…

Der Unterricht zog unwirklich vorbei und die Zeit bis zur Pause fühlte sich gleichzeitig unendlich lang und so kurz wie ein Wimpernschlag an. Marko kam noch gar nicht darauf klar. Amadeus freute sich gemeinsam mit den Schülern auf die Pause. Aufgeregt wedelte sein Schwanz wild hin und her. Er sah richtig süß aus. Wer könnte so einer Fellnase schon widerstehen?

Kurz blieb Marko stehen und kraulte den flauschigen Chaoten hinter den Ohren. Genussvoll schloss der treuherzige Lerngefährte die Augen. „Ja? Das gefällt dir?", grinsend machte er weiter.

Auf einmal kniete sich jemand neben ihn und er hielt unwillkürlich für einen Herzschlag die Luft an. Es war Rieke. „Na, du Frechdachs?", meinte sie mit einem warmen Lächeln und streichelte ebenfalls sein weiches Fell. Schlagartig änderte sich ihr Gesichtsausdruck. Ein wenig unsicher schaute sie zu ihm: „Ähm, dein T-Shirt..."

„Gib es mir einfach morgen wieder", erwiderte er mit einer möglichst lässigen Handbewegung. „In Ordnung", nervös wandte sie ihre Aufmerksamkeit wieder auf den Hund, den knuffigsten Puffer überhaupt: „Danke nochmal." „Gerne, also ich meine kein Ding", und wieder machte er diese Handgeste.

Irgendwie freute er sich schon übertrieben auf die Rückgabe. Verrückt, aber gleichzeitig auch schön, genau wie diese ganze Stunde.

9

Unterm Palmzweig

„Wie heißen die vier Basen der DNA?", fragte Linus ganz in der Rolle des Quizmeisters. Schwungvoll schlug Connie auf den Tisch: „Adenin, Cytosin, Guano und Tymian!"

„Rich…", setzte Linus schon an, doch Maike unterbrach ihn von ihrem Platz in der ersten Reihe aus: „Falsch. Guano entsteht durch verwitternde Vogelscheiße und Thymian ist ein Gewürz. Sie heißen Guanin und Thymin."

Die Streberin hatte gesprochen. Kein Punkt für Connie.

„Wofür steht die Abkürzung DNS?", stellte der Quizmeister unbeirrt die nächste Frage. Dieses Mal schaffte es Simon als erstes auf die Tischplatte zu schlagen. „Disoxyribonukleinsäure!", rief Connie triumphierend. „Ey! Das war meine Frage!", beschwerte sich ihr Widersacher. „Dann musst du schneller sein", erwiderte sie mit einem lässigen Schulterzucken. „Ich war schneller! Ich hab als Erstes auf den Tisch gehauen!", entgegnete er genervt.

„Ich bin halt schneller im Reden!", verteidigte sie sich auf ihre irgendwie aufgedrehte Art. „Wofür gibt es Regeln, wenn du dich sowieso nicht dran hältst?", ließ auch Simon nicht locker. Chaoten unter sich.

„Simon hat Recht, der Punkt wird nicht gezählt", ergriff Linus Partei. „Aber das ist unfair!", legte Connie ein Veto ein, während sich Simon erkundigte: „Wie viel steht es überhaupt?" „Ähm... Fünf zu sieben für dich. Oder war es acht?", lieferte der Quizmeister eine sehr verlässige Antwort.

„Hast du mitgezählt?", fragte Connie über die Schulter zu Maike. „Nö", gab sie knapp von sich und erledigte weiter ihre Mathehausaufgaben. Wer machte das freiwillig in der Pause?

„Ich könnte euch auch abwechselnd Fragen stellen", bot Linus eine Lösung für ihr Regelproblem an. „Ja", willigte Connie sofort energiegeladen ein und auch Simon zeigte sich einverstanden: „Ja. Klar."

„Connie. Welches Enzym macht die DNA-Kopie?", legte Linus gleich wieder los. „Häh, was?", verständnislos zog sie die Augenbrauen hoch. „Simon, willst du übernehmen?", bot der Fragensteller ihm an. „DNA-Polymerase", lieferte Simon selbstzufrieden ab.

„Ein Punkt für Simon! Nächste Frage! Wo findet die Translation statt?", ging das Quiz flott weiter. „Ribosomen", gab der Herausforderer sicher die richtige Lösung ab. „Das hätte ich auch gewusst!", meldete sich Connie einen Hauch schmollend.

Bevor sie ihren kleinen Wettstreit weiterführen konnten, klingelte schrill die Pausenglocke.

„Ich kam, sah und siegte!", triumphierend hob Simon seine Arme. „Och nö", war Connie natürlich nicht ganz so euphorisch. Sie wusste was das jetzt hieß...

„Du darfst deine Erniedrigung wählen: Entweder du läufst mitten in der Stunde richtig schnell aus der Klasse und sagst später, du musstest aufs Klo oder du gehst in der Stunde mehrmals aufs Klo, mindestens viermal. Oder du legst dein Handy mit einem peinlichen Klingelton vorne auf die Fensterbank", gab Simon ihr sehr tolle Auswahlmöglichkeiten.

„Und was wäre, wenn ich dir meine Plätzchen geben würde? Ich würde dir auch was aus der Cafeteria kaufen", versuchte Connie noch zu feilschen. Überlegen schüttelte der Gewinner den Kopf: „Das sind deine Möglichkeiten. Wähle."

Nach und nach kamen auch ihre Mitschüler in die Klasse. Fieberhaft dachte Connie nach. Sie hatte verloren, sie musste dazu stehen und das waren ja alles noch ziemlich glimpfliche Erniedrigungen, trotzdem wollte sie sich nicht so blamieren.

„Ich würde das mit dem Klo machen", riet Linus ihr: „Das geht doch noch." „Reicht es auch, wenn ich schnell gehe?", versuchte Connie es noch ein kleinwenig abzumildern. „Ja, wenn du wirklich schnell gehst, zählt das auch", erlaubte ihr der Sieger gönnerhaft. „Na gut", immer noch unwohl nickte die kleine Chaotin.

Mittlerweile waren soweit alle in der Klasse angekommen, außer natürlich die zahlreichen Krankheitsfälle, die alle Jahre wieder im Winter anstanden. Und zum Abschluss kam noch Herr Miesen, ihr Biolehrer, der sich grundsätzlich immer verspätete.

Unruhig rutschte die Verliererin vom Tisch und trottete auf ihren Platz zurück. Das würde richtig mies werden... Wenigstens hatte sie damit für die HÜ gelernt und was war schon ein bisschen Erniedrigung für eine gute Note? Oder auch nicht.

Statt dem „Heute ist Tag der HÜ" fing der alte Kauz mit dem Unterricht an! Sie hatte umsonst gelernt und dann auch noch im Quiz verloren! Völlig fertig legte Connie ihren Kopf auf die Arme, als würde sie gleich schlafen. Wäre das nicht eine schöne Lösung für ihr Problem? Einfach die Peinlichkeit verschlafen... Und dann würde Simon der Sadist nächste Stunde darauf bestehen. Da kam sie einfach nicht raus!

„Alles in Ordnung?", wollte ihre Sitznachbarin flüsternd von ihr wissen. „Ja", mit einem klitzekleinen Seufzen richtete Connie sich wieder auf. Sie schämte sich jetzt schon so, dass ihr Kopf sicher wie eine Signalleuchte aussah. Angespannt wartete die Verliererin.

Minuten um Minuten vergingen. Es gab einfach keinen richtigen Zeitpunkt. Am liebsten hätte sie es noch ewig aufgeschoben, doch sie konnte sich nicht drücken, sie wollte kein Feigling sein...

Herr Meisen gab ein Arbeitsblatt zum Austeilen rund. Alle waren unaufmerksam. Das war die Gelegenheit! Jetzt oder nie! Ihr krampfhafter Herzschlag übertönte alles. Sie stand auf, sie lief, sie fühlte sich wie ein Idiot. Plötzlich rutschten ihre Schuhe auf einer Wasserpfütze vom Schnee draußen aus. Oh nein!

Ihre Beine schlitterten seitlich weg. Wie Propeller kreisten ihre Arme, nur das konnte sie auch nicht mehr retten.

Batsch! Volle Kanne knallte sie auf den Boden. Davon würde sie bestimmt einen blauen Fleck an der Hüfte bekommen. Autsch!

„Cornelia!", rief Simon richtig dramatisch und kniete sich so hektisch neben sie auf den Boden, dass es bestimmt ordentlich schmerzte. Wenn sie nur daran dachte, mit dem Knie so auf den Boden zu donnern, flogen ihr fast schon die Kniescheiben raus.

„Alles in Ordnung?", fragte er sie und griff fahrig nach ihrer Schulter. „Nein. Meine Würde ist gestorben", irgendwie gab sie eine Mischung aus nervösem Lachen und Grummeln von sich.

„Simon spielt den Retter in der Not", tuschelte einer ihrer wunderbaren Mitschüler. „Wie romantisch", ging es noch schlimmer weiter.

„Wollt ihr einen Mistelzweig?", stieg Linus verschmitzt auf den Quatsch ein. „Holt doch den von dem Kreuz über der Tür!", kam es von dem nächsten Idioten.

„Das ist kein Mistelzweig sondern ein Palmzweig", nutzte Maike noch mal die Chance zum Klugscheißen. „Egal, das geht auch", wischte Linus ihre Verbesserung mit einer Handbewegung weg.

„Ich würde Connie nie küssen!", platzte es ruppig aus Simon heraus und er lief dabei ganz rot an. War das Wut oder doch Scham? „Ich küsse hier auch niemanden!", stellte Connie hektisch klar.

„Küssen! Küssen! Küssen!", fing die Klasse an sie anzufeuern. „Beruhigt euch! Hier spielt die Musik!", schaltete sich Herr Miesen nicht besonders durchsetzungsfähig ein. „Bist du zufrieden mit der Erniedrigung?", raunte Connie ihrem Wettpartner ebenfalls feuerrot zu. Der Gedanke ihn zu küssen war irgendwie… Keine Ahnung!

Ihr wurde ganz heiß. Es war komisch! Alles war komisch!

„Wenn du zu blöd zum Laufen bist", zischte er längst nicht mehr besorgt und stand einfach auf. „Du bist blöd", konterte sie nicht so kreativ und richtete sich ebenfalls auf. Schnell tappten die beiden zurück auf ihre Plätze.

Was war das eben gewesen? Simon verstand nicht einmal, warum er zu ihr gelaufen war, als sie sich so dämlich abgelegt hatte. Eigentlich hätte er sonst gelacht, er war nicht der herzensgute Samariter, er war der Spaßvogel, aber das war irgendwie mehr als nur Spaß…

Über ihre verwirrenden Gedanken bekamen die beiden nicht besonders viel mit, allerdings wäre das auch ohne ihr intensives Grübeln nicht anders. Immerhin ging es um DNA-Zeug, wer verstand das schon?

Endlich klingelte es zur Pause. Wie immer strömten sofort alle nach draußen, als würden sie vor einem Schneesturm flüchten. Und wie es kommen musste, standen Connie und Simon am Ende zusammengepresst im Türrahmen.

„Ihr steht unterm Mistelzweig!", Linus hatte offensichtlich nichts gelernt. „Ich geb dir gleich Mistelzweig!", fuhr Simon ein wenig aggressiv zum Quizmeister um und hätte dabei fast Connie einen Kinnhaken verpasst.

„Da kommt ihr jetzt nicht dran vorbei", ohne Erbarmen blieb Linus stehen und auch ihre verdammten Mitschüler entschieden sich, die Tür zu blockieren. „Es ist Pause! Geht auf den Schulhof!", meckerte Herr Miesen von hinten: „Hört auf mit dem Quatsch!"

„Das erinnert mich an eine Thrombose. Wir sind das Blut, die Tür ist die Ader... lustig...", murmelte Maike ein absolut seltsames Selbstgespräch und bekam dafür von Linus auch einen absolut seltsamen Seitenblick, doch dann wandte er sich wieder den beiden Chaoten im Türrahmen zu: „Kommt schon! Alles hängt nur an euch! Ihr müsst die altehrwürdigen Weihnachtsbräuche ehren!"

Sollte sie es tun? Connies Herz schlug noch heftiger als eben mit dem missglückten Toilettensprint. Schlimmer als das konnte es doch eigentlich nicht mehr werden.

„Na gut. Ein Kuss", willigte Connie ein wenig hirnlos ein. Mit großen Augen starrte Simon sie an. Sein Puls raste unglaublich schnell und in diese Panik mischte sich noch etwas Anderes, aber in erster Linie war es wirklich Panik.

„Ähm…", nicht einmal stammeln konnte er! Sie beugte sich vor! Was sollte er tun? Was sollte er tun?! WAS SOLLTE ER TUN??!!

Schlicht küsste sie ihn auf die Wange und obwohl das eigentlich wirklich keine krasse Sache war, rastete Connies Inneres dabei voll aus. Wahrscheinlich lag das an dem viel zu großen Publikum.

„Ein Kuss, jetzt macht die Thrombose frei", sagte die Küsserin fahrig. Leicht enttäuscht verzogen sich die Gaffer und zwischen Simon und Connie kam endlich wieder ein bisschen Abstand.

Na ja, was heißt hier endlich? Obwohl ihn diese verrückte Art von Nähe zu diesem noch verrückteren Mädchen fast wahnsinnig gemacht hatte, war dieses Gefühl irgendwie doch gut gewesen und jetzt war es vorbei. Oder auch nicht…

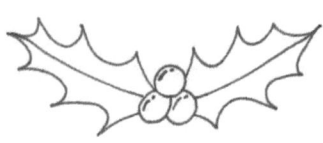

10

Ein Fall für die Liebe

Eigentlich war es viel zu kalt zum Fahrradfahren. Trotz der dicken Handschuhe hatte Max das Gefühl, dass seine Finger gleich abfroren. Sein Atem bildete weiße Wölkchen und die eisige Luft stach ihm in den Lungen.

Am liebsten würde er jetzt in seinem Auto sitzen mit der gemütlichen Sitzheizung und natürlich Lenkradheizung für schön warme Finger, das wäre wirklich ein Traum…

Nur dummerweise hatte er beim Tanken nicht aufgepasst und jetzt einen richtig schön fetten Motorschaden. Diese zusätzlichen, übertrieben kalten Fitnesseinheiten waren also allein seine Schuld. Dafür konnte er aber auch ohne schlechtes Gewissen jede Menge Plätzchen essen. Doch ob dieser Vorteil den Rest aufwog…

Na ja. In der Hoffnung, dass ihn die Bewegung etwas wärmte und sich seine Glieder nicht mehr so verdammt steif anfühlten, trat er ein wenig fester in die Pedale. Er freute sich schon richtig, wenn er gleich ins Lehrerzimmer gehen und sich erst einmal einen schön warmen Kaffee machen konnte. Oh ja, das war doch mal ein Ziel.

Doch seine positiven Gedanken fielen gleich darauf ins Wasser oder sie fielen vielmehr dem Schneematsch zum Opfer, der aufspritzte, als ein Auto ihn mit Vollgas überholte. So langsam war er doch nicht unterwegs gewesen und hier war eh nur 30! So ein Vollidiot!

Dass er sich mit seinem Auto auch nie an die Geschwindigkeitsbegrenzung gehalten hatte, ignorierte er. Die Situation war ja auch ganz anders!

Und jetzt war sein linkes Bein komplett durchnässt und seine Jacke hatte auch nicht alles abgehalten. Dieser Tag wurde echt immer besser. Da konnte auch ein Kaffee nichts mehr retten.

Wie ein lebender Eiszapfen fuhr Max auf den Parkplatz. Sein ganzer Körper fühlte sich eisig an. Geradewegs steuerte er auf den Fahrradständer zu. Der Gedanke gleich anzuhalten, war beinahe befremdlich. Seine Beine waren in der Bewegung komplett festgefroren. Wenn er nur einmal stoppte, würde er sicher wie eine Eisskulptur vom Rad fallen. Aber er musste anhalten, so eklig wie es auch werden würde.

Fest zog er an der Bremse. Seine Reifen kamen ins Schlittern! Verdammt! Schnell ließ er mit der Bremse nach und versuchte das Fahrrad wieder unter Kontrolle zu bringen. Das brauchte er echt nicht auch noch! Komm schon!

Kurz vor dem Fahrradständer kam er zum Stehen, total schief und den Puls auf 180, aber er hatte sich nicht weggeschmissen. Triumphierend schwang er sich von der Klapperkiste runter oder zumindest so halb.

Scheiße! Sein linker Fuß hing fest! Oh nein! Nein! Verzweifelt zerrte er daran. Er kam nicht los! Doch er konnte auch nicht mehr zurück!

Wie ein gefällter Baum kippte er um. Und da lag er jetzt, auf dem eiskalten Boden und hatte nicht die geringste Lust aufzustehen. Dieser Morgen war einfach hinüber. Es konnte kaum noch schlimmer kommen! Er hatte keine Ahnung, wie er diesen Tag noch überstehen sollte.

„Ist alles in Ordnung? Haben Sie sich verletzt? Brauchen Sie Hilfe?", drang eine warme Frauenstimme durch all die kalte Niedergeschlagenheit und Genervtheit. Natürlich hatte Max bei diesem dummen Sturz auch Publikum gehabt. Was auch sonst?

Bestimmt hatten ihn auch ein paar seiner vorwitzigen Schüler vom Schulhof aus gesehen und es würde wieder ein ganz tolles Gespräch geben. Prima.

„Mir geht es gut", gab er grummelig von sich und richtete sich wieder auf oder zumindest teilweise. Sein linker Fuß hing immer noch fest. Jetzt konnte er auch sehen warum. Anscheinend hatte sich sein Schnürsenkel um das Pedal gewickelt. Ganz toll.

Mittlerweile war die Frau mit ihm auf einer Höhe, beziehungsweise wäre es wohl treffender zu sagen, dass sie neben ihm stand und weit über ihn ragte. Unangenehm.

„Ich helfe Ihnen", übernahm sie völlig selbstverständlich und ging neben ihm in die Hocke. Bevor er mit seinem geknickten Stolz protestieren konnte, hatte sie den Knoten schon geschickt gelöst.

„Ähm, danke", verlegen stand Max wieder auf und erneut kam ihm die hilfsbereite Frau zuvor. Ordnungsgemäß stellte sie sein Fahrrad im Ständer ab. Irgendwie hatte er das Gefühl noch etwas tun zu müssen. Er stand einfach so dumm da.

„Alles in Ordnung?", fragte seine eifrige Helferin ihn noch einmal mit einem lieben Lächeln. Jetzt sah er sie zum ersten Mal richtig an. Sie hatte dunkle Haut und glänzende Augen, beides viel zu warm für diese kalte Jahreszeit.

Allerdings war sie sehr kuschelig eingepackt mit einem dicken Schal, einer plüschigen Mütze und einer fetten Jacke. Unwillkürlich musste er dabei an Schokolade und Marshmallow denken. Oh ja...

Das wäre jetzt lecker, schön warm und süß. Aber auch sie wirkte süß, auf ihre herzliche und offene Art.

Und sie hatte dabei zugesehen, wie er sich abgelegt hatte. Und noch besser: Jetzt starrte er sie übel an.

Was war nur mit ihm los? Hatte sein Kopf bei dem Sturz auch etwas abbekommen oder vielleicht doch eher sein Herz?

„Ähm... Ja", antwortete er schleppend. „Gut. Ich mach dann mal weiter, damit sowas nicht nochmal passiert", mit einem kleinen Lächeln hob sie den Eimer hoch, der neben ihr stand.

Max hatte gar nicht gemerkt, dass sie ihn dabei hatte. Generell war er gerade nicht so der Blitzmerker.

Locker griff sie rein und streute eine Handvoll Salz auf den Weg. „Sie sind ein Salzstreuer?", stellte er ohne nachzudenken fest. Warm lachte sie auf. Warte. Hatte er einen Witz gemacht? Oh. Salzstreuer. Haha. Verlegen lachte er mit ihr.

„Und Sie sind dann ein... eiskalter Fall?", konterte sie mit einem kleinen Wortspiel. „Fast, eigentlich bin ich Lehrer, Deutsch und Sozialkunde", zog er das Gespräch wieder ins Ernsthafte zurück, wenn auch deutlich lockerer.

„Ja, ich weiß. Ich hab dich schon öfter gesehen", meinte sie mit ihrem freundlichen Lächeln und war ganz automatisch ins „du" gerutscht. Diese persönliche Anrede fühlte sich gut an, auch wenn es nur eine Kleinigkeit war, doch auf der anderen Seite hatte sie ihn schon gesehen und er hatte sie noch nie bemerkt... Wie konnte das sein?

„Ich wohne hier im Haus gleich gegenüber. Es tat mir leid, wie viele Kinder sich hier abgelegt haben, die von ihren Eltern gebracht wurden und tja, jetzt auch du. Ich war wohl nicht schnell genug", lieferte sie ihm netterweise eine Erklärung.

Anscheinend hatte man ihm seine Ratlosigkeit ansehen können. Nicht so gut. Diese erste Begegnung war ja mal das totale Chaos und er stellte sich wirklich immer dämlicher an.

Allerdings wäre sie ihm ohne dieses dämliche

Chaos vielleicht immer noch nicht aufgefallen, auch wenn ihm das ein Rätsel war.

Langsam machte sie ein paar Schritte zur Seite und streute weiter Salz auf den Weg. Doch man konnte ihr ansehen, dass sie eigentlich nicht gehen wollte. Hatte er es nicht komplett versaut?

„Kann ich dir vielleicht helfen? Du hast mir ja auch geholfen", bot er ihr planlos an. „Ja, ähm, gerne", nahm sie überrascht an und hielt ihm den Eimer mit ausgestrecktem Arm entgegen. Auf gut Glück warf er einfach eine Handvoll Salz auf den Parkplatz.

Dabei fühlte er sich irgendwie wie ein deplatziertes Blumenmädchen oder eine alte Omi, die Vögel fütterte. Unterm Strich kam er sich nicht so souverän und selbstbewusst vor, wie er gerne wirken würde.

Auf einmal kam ein Schüler mit seiner absolut klapprigen Schrottkarre auf den Parkplatz gebrettert, der typische draufgängerische Fahranfänger, der das Wetter unterschätzt hatte. Er bog ordentlich haarig ab. Instinktiv zog Max sie an sich. Und der beunruhigende Autofahrer driftete eine Reihe weiter zwischen den parkenden Autos durch.

Es hatte gar keine Gefahr bestanden, er hatte komplett überreagiert. Verlegen ließ er sie wieder los. „Ähm, ja", murmelte er nur und streute schnell noch ein wenig Salz. Heute war er wirklich lächerlich, er streute mit jedem dummen Augenblick noch Salz in die Wunde. Haha.

Was für ein schöner Anlass für ein Wortspiel, mehr aber auch nicht.

Und er hatte das Gefühl fast zu erfrieren. Keine Ahnung, warum er es gerade eben nicht gespürt hatte, besonders sein nasses Hosenbein killte ihn echt. Sein Bein war quasi ein Eiszapfen mit der Beweglichkeit des Holzbeins eines Piraten. Arg.

Oh! AH! Unachtsam war er auf eine glatte Stelle getreten und rutschte total weg. Verdammt! Dabei war er doch gerade am Streuen! Was für eine fiese Ironie!

„Oh! Alles in Ordnung?", fragte sie sofort besorgt und streckte ihm hilfsbereit die Hand hin. „Ja, alles gut", antwortete er mit angeknackstem Stolz und ließ sich von ihr wieder aufhelfen. „Das war jetzt schon das zweite Mal", meinte er und hielt dabei immer noch ihre Hand.

„Tja, doppelt-gemoppelt hält besser", erwiderte sie darauf mit ihrem herzlichen Lächeln und verpasste ebenfalls den Moment, um ihre Hand wegzuziehen.

Sicher standen sie hier, als würden sie in Zeitlupe ein wichtiges Abkommen beschließen. Warum kamen ihm momentan eigentlich so viele Bilder und Vergleiche in den Kopf? Irgendwie regte sie seine Fantasie extrem an, ein Feuerwerk der Inspiration.

Schleifend würgte der Raser von eben den Gang rein, während er ständig vor und zurück zirkelte, um in die Parklücke zu kommen. Dieses unangenehme Geräusch zerstörte total ihren ruhigen, verträumten Moment.

„Ähm, ist dir vielleicht kalt?", fragte er völlig aus dem nichts, ihm fiel einfach nichts Besseres ein und dabei war sie doch eingepackt wie für eine Polarmission.

„Nein, die Jacke ist dick und ich bin ja nicht aus Zucker", meinte sie schmunzelnd. „Aber vielleicht aus Salz", konnte er sich nicht verkneifen und er wurde mit einem kleinen, unbeschwerten Kichern belohnt.

Und dann ging sie sogar noch weiter: „Nach der Schule kannst du ja vielleicht vorbeikommen, dann könnten wir zusammen Kaffee trinken, zwar nicht unbedingt mit Salz aber dafür mit Zucker oder Milch, wie du es am liebsten hast. Der wärmt auch schön auf."

„Ich würde mich sehr freuen", bestätigte er mit einem breiten Grinsen, das er einfach nicht aus dem Gesicht bekam. „Mich auch", schloss sie sich mit einem süßen Lächeln an und für einen Moment standen sie einfach nur da.

Doch schon ertönte das erste Läuten zum Unterricht. Verdammt! War er so spät dran? Er musste los! „Dann bis heute Mittag", mit diesen Worten und einem kleinen Winken machte er den ersten Schritt weg von ihr, auch wenn er so unendlich gerne geblieben wäre.

„Oh! Warte!", hielt sie ihn auf einmal auf. Sein Herz machte einen kleinen Satz. „Du hast da noch Salz", sanft fuhr sie durch deine Haare und ein paar Körner rieselten herab. Eine Spur zögerlich ließ sie ihre Hand wieder sinken.

„Ähm, danke", mit einem ganz warmen Gefühl im Inneren strich er sich auch selbst nochmal durch die Haare, bevor er sich erneut losreißen konnte und den zweiten ersten Schritt machte. Als er bei der Treppe ankam, für die sie sich später verabredet hatten, schaute er zu ihr zurück. Ihre Blicke begegneten sich.

Eins war klar, der Kaffee, auf den er sich schon auf der Hinfahrt gefreut hatte, würde noch viel besser werden, als geplant. Von eiskalt auf wohlig warm in nur wenigen Sekunden...

11

Rentiere und Schneeflocken

Musikunterricht in der Weihnachtszeit klingt doch nach Weihnachtsliedern und jede Menge Spaß, aber falsch gedacht. Sie mussten für ihr Abi nächstes Jahr noch ein paar Themen durchkriegen und das hieß Stationsarbeit statt fröhlichem Singen.

Um die Moral in der Gruppe wenigstens ein wenig aufrecht zu halten, hatte Herr Karl die Idee, für jede Aufgabe ein kleines, lustiges Wasser-Tattoo zu verteilen. Eigentlich war das mehr ein Witz gewesen, er konnte sie ja nicht behandeln wie seine Fünfer, aber irgendwie fuhren sie auf diesen kindischen Spaß voll ab. Damit hätte er echt nicht gerechnet.

„Guck mal! Ich hab jetzt ein Geschenke-Rentier! Jetzt kann es richtig abgehen! Ich glaube, ich nenne ihn Renti!", stolz streckte Sophie Anna ihren Arm entgegen. Auf ihrem Handgelenk hatte sie das Bild eines kleinen, dicken Rentiers mit einer roten Schleife auf dem Kopf. Extra kindisch und extra süß.

„Oh! Das ist echt knuffig!", verzückt griff Anna ihre Hand und betrachtete das kleine Kerlchen.

Sanft strich sie mit ihren Fingern über die warme Haut ihrer festen Freundin. „Es wäre echt toll, wenn wir jetzt Rudolph, the Red-Nosed Reindeer singen würden, passend zu meinem kleinen Reti", versuchte Sophie den Musiklehrer mit einem betont unschuldigen Lächeln zu überzeugen.

Ausgelassen fing ihre Freundin auch gleich an die weihnachtliche Melodie zu summen.

„Ja, sehr schön und jetzt macht euch wieder an die Stationsarbeit, dann bekommt ihr noch mehr Rentis", erwiderte Herr Karl standhaft, aber grinsend.

Die beiden probierten schon seit zwei Schulstunden, ihn zum Singen zu überreden, aber irgendwie waren die beiden dabei so drollig, dass er nicht einmal von ihnen genervt war. Anna und Sophie hatten wirklich eine wahnsinnig energiegeladene Art.

Mehr oder weniger konzentriert arbeiteten alle an den Aufgaben weiter. Leon hing mal wieder am Handy und dachte, weil er es unter der Tischplatte hielt, wäre er so unauffällig. Nach zwölf Jahren Schule könnte er doch mal wissen, dass dort kein Sichtschutz war.

Ermahnend räusperte sich der Musiklehrer neben ihm und der kleine Handy-Suchti zuckte ertappt zusammen. Locker schlenderte Herr Karl auf seinem kleinen Kontrollgang weiter.

Schnell klickten die beiden hartnäckigen Sängerinnen auf eine andere Internetseite, da wollte eindeutig jemand etwas verbergen, aber nicht mit ihm. „Was habt ihr denn da Interessantes?", wollte er vorwitzig von ihnen wissen.

„Ähm, nichts", log das Mädchen mit dem Rentier-Tattoo nicht gerade überzeugend. Kurzerhand übernahm er die Maus und was entdeckte er auf der anderen Seite? Ganzkörper-Pyjamas im Part-nerlook als kuschlige Rentiere, passend zu dem kleinen Wasser-Tattoo, das Sophie sich ausge-sucht hatte.

Verlegen lächelten die beiden. „Kein Shopping im Unterricht", stellte Herr Karl mit einem Schmun-zeln klar.

„Tut uns leid", entschuldigte sich Anna für sie bei-de und er setzte seine Runde fort. Schüler richtig im Griff zu haben, war schon eine Kunst und wie immer in der Kunst gab es da verschiedene Inter-pretationsansätze. Ein bisschen Shopping und ein paar Handynachrichten hier und da störten ihn dabei nicht wirklich.

Brav kamen die Schüler auch immer wieder nach vorne, um sich das nächste Wasser-Tattoo abzu-stauben und langsam wurde sein Vorrat echt ein wenig knapp.

Schließlich kamen die beiden Turteltäubchen zu ihm nach vorne, mit einer gemeinsam ausgearbei-teten Aufgabe. Musikgeschichte verbindet. Natür-lich war alles richtig, bei den beiden musste man sich da aber auch eigentlich keine Sorgen ma-chen.

„Und? Welches wollt ihr?", fragte Herr Karl sie und breitete unbeschwert den Rest vor ihnen aus.

„Darf sich auch jeder eins aussuchen oder nur eins für uns beide?", erkundigte sich Anna unbeschwert.

„Ruhig jeder eins", erlaubte er ihnen großzügig und fügte mit einem kleinen Zwinkern hinzu: „Ihr könntet euch ja auch Partner-Tattoos machen."

„Uh! Das wäre doch etwas!", nahm Anna die Idee gleich begeistert auf. „Ja! Ein super Team-Look!", schloss sich Sophie
ihr ausgelassen an. Sie machte sogar fast einen kleinen Hüpfer, einfach süß die beiden. „Guck mal! Hier gibt es noch Schneeflocken, die wären doch schick!", überlegte Sophie strahlend.

„Ich hab auch eine Schneeflocke!", meldete sich Leon, der zwar sein Handy weggepackt hatte, aber offensichtlich immer noch nicht bei der Sache war.

Kurz schauten die beiden zu ihm rüber.

Der verpeilte Klassenclown hatte sich die Schneeflocke mitten auf die Stirn gemacht. Man könnte meinen, er hätte eine dämliche Wette verloren, aber offensichtlich brauchte er keine Wette, um dämlich zu sein. Nur als Lehrer durfte man sowas natürlich nicht aussprechen.

„Ähm ja... Eher nicht so", entschied Sophie und als sich die beiden ansahen, rutschte ihnen ein kleines Kichern raus. Das war doch mal goldig.

„Aber vielleicht könnte man es auf die Wange machen", dachte Anna inspiriert nach.

„Perfekt!", war ihre Freundin sofort dafür und hatte wieder den altbekannten Vorschlag: „Dazu würde auch wieder Musik sehr gut passen. Zum Beispiel Schneeflöckchen, Weißröckchen."

Während Anna zum Wasserhahn rüber ging, um die Tücher nass zu machen, summte sie auch gleich wieder die Melodie. Unverbesserlich die beiden!

Auf einmal gab sie ein erschrockenes Quieken von sich, als sie den Wasserhahn aufdrehte. Upsi. Wegen der Singerei hatte da wohl jemand nicht aufgepasst und sich vollgespritzt. Tja, Strafe muss sein.

Mit dunklen Flecken auf den Klamotten und zwei tropfenden Tücher in der Hand kam sie wieder zurück und sah ein bisschen aus, wie ein begossener Pudel.

„Siehst gut aus", kommentierte Leon lachend. „Du solltest gar nichts sagen. Gerade eben sahst du aus, als hättest du dir in die Hose gemacht", verteidigte Anna sie schnippisch. Oho.

„Bleiben wir doch bei Musik und lassen diese Disharmonien", schaltete Herr Karl sich ein und brachte noch ganz lässig ein Wortspiel dazu.

Nach einem letzten, kleinen bösen Blick zu Leon wandte sich Anna wieder strahlend an das Mädchen mit dem Rentier-Tattoo: „Willst du zuerst?"

Bereitwillig streckte Sophie ihr gleich die Wange hin und grinste dabei breit. „Nicht so grinsen, sonst sitzt es am Ende nicht richtig", ermahnte ihre Freundin sie und konnte sich dabei selbst das Lächeln nicht verkneifen.

„Du darfst grinsen und ich nicht, das ist nicht fair", beschwerte sich Sophie und schnitt spaßhaft einen Schmollmund.

„Das ist in Ordnung, nur nicht bewegen", entschieden drückte Anna ihr gleich das Wasser-Tattoo auf die Wange und aus dem scherzhaften Herumalbern wurde ein kleiner süßer und zärtlicher Moment.

In ihren Augen war so ein Funkeln und ihre Herzen schlugen sicher in ihrer ganz eigenen Melodie. Romantisch.

„Herr Karl?", mit einem nervigen Schnipsen meldete sich Frank. Stimmt. Er hatte ja noch ein paar mehr Schüler und bei solchen Augenblicken zuzusehen, war eigentlich auch komisch. Kurzerhand ging er zu dem Musikgenie mit dem absoluten Musikgehör rüber. Und natürlich hatte er wieder eine Frage, die ihn richtig herausforderte, was ja irgendwie schon spannend war, aber auch ein wenig anstrengend.

Als die kleine, wirklich tiefgreifende Debatte geklärt war, hatten schon beide ihre Schneeflocken auf den Wangen und grinsten sich an wie zwei Sternchen.

„Ich hab die Nummer drei!", verkündete Dimitri, der Klassenclown Nummer zwei: „Das Tattoo soll auf meinen Arsch!" „Such dir eins aus, was du damit machst, ist deine Sache", kommentierte Herr Karl nüchtern und überflog die Aufgabe, was bei der Sauklaue echt nicht einfach war.

„Arschgeweih!", lachend hielt der Scherzkeks eins der Rentiere hoch, das bisher von allen verschmäht worden war, weil ihm jemand aus Versehen, oder vielleicht auch nicht so aus Versehen, die Nase abgeschnitten hatte.

„Viel Spaß damit", meinte der Musiklehrer nur und konnte sich ein kleines Kopfschütteln nicht verkneifen.

Im Hintergrund fing Anna auch mal wieder an zu summen, allerdings war Herr Karl sich dieses Mal nicht sicher, ob es mit Absicht war. Sie lehnte gerade mit dem Kopf an Sophies Schulter, während sie sich zusammen eins der Hörbeispiele anhörten oder vielleicht auch ein Weihnachtslied. Zumindest summte sie die Melodie von Stille Nacht, was nicht ganz zum Arbeitsauftrag passte, aber durchaus auch ein bedeutsames Lied war.

Immerhin war es damals im ersten Weltkrieg an der Front von den verfeindeten Soldaten gesungen worden.

Musik und Weihnachtsstimmung, die alle Grenzen überwunden hatte... Ein wahres Friedenslied, einfach Musik, die die Herzen bewegte...

Frech fing auch Leon an zu summen, wahrscheinlich einfach um sich vor den Aufgaben zu drücken und immer mehr Schüler stimmten mit ein, bis es die gesamte Klasse war.

Ihre Stimmen bildeten so einen verträumten Chor, dass er es gar nicht übers Herz brachte, sie mit seinem beliebten „Hier spielt die Musik!" wieder an die Stationsarbeit zu setzen.

Musik gehörte einfach zu Weihnachten, es passte viel zu gut zusammen.

Mit einem Schmunzeln schaute er zu dem glücklichen Pärchen, das dieses stimmungsvolle Konzert erst ausgelöst hatte.

Ein Moment so weihnachtlich wie Rentiere und Schneeflocken…

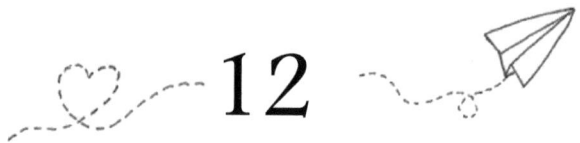

12

Süße Glocken

Die Adventsandacht hatte genau einen Sinn: Morgens ins Warme zu können, statt sich auf dem Schulhof den Arsch abzufrieren. Wer interessierte sich dabei schon für die besinnliche Botschaft dahinter? Da konnten die Reli-Lehrer so viel Missionare spielen, wie sie wollten, gegen Wärme und manchmal sogar Plätzchen kamen sie bei Weitem nicht an.

Wie jeden Morgen war dieses so gläubige Ereignis in der Bibliothek gut besucht. Auf dem Teppichboden hatten sie einen Kissen-Sitzkreis gebildet und Chris war die ganze Zeit am Gähnen.

„Vielleicht solltest du doch lieber raus gehen, damit dich die kalte Luft richtig aufweckt", neckend stieß Annika ihm den Ellenbogen in die Seite. „Ich bin wach", entgegnete er und musste direkt darauf wieder herzhaft gähnen, was seine Worte sehr glaubhaft untermalte.

„Einen gesegneten Morgen", begrüßte sie ihre schrulligste Reli-Lehrerin mit den wirren grau-blonden Locken und den wehenden Kleidern. Entweder war sie ein bekiffter Hippie oder ein Engel, der bei der Landung auf den Kopf gefallen war, die beiden Vergleiche beschrieben sie eigentlich ganz gut.

Auf jeden Fall war sie verrückt. Wenn sie eine Adventsandacht organisierte, war das Chaos vorherbestimmt. Bedächtig ließ sie sich auf einem Kissen in der Mitte des Kreises nieder und packte eine Glocke aus. Aha. Was würde das noch werden?

„Es freut mich, dass sich die Gemeinschaft der Gläubigen auch heute so zahlreich an diesem Ort der Ruhe und Besinnung versammelt hat", fing sie völlig verstrahlt an. Die Tante war echt komplett weltfremd.

„Gott hat euch hergerufen und ihr seid seinem Ruf gefolgt. Und ein Symbol seines heiligen Rufs sind die Glocken, die die Gläubigen in die Kirchen rufen", setzte der Hippie-Engel ihr Mitbringsel in einen kirchlichen Kontext und läutete die Glocke einmal symbolisch: „Was verbindet ihr mit Glocken?"

„Es gibt viele Weihnachtslieder mit Glocken, wie süßer die Glocken nie klingen oder kling Glöckchen", meldete sich irgend so ein übermotivierter Fünftklässler.

„Sehr gut! Hier, lass sie auch läuten", mit diesen Worten überreichte die spezielle Lehrerin ihm feierlich die Glocke.

Etwas zögerlich schüttelte auch er sie. Zufrieden nickt der christliche Hippie und wandte sich nochmal an die Runde: „Was verbindet ihr mit Glocken?"

„Ach du Scheiße, das ist ja richtig interaktiv", raunte Annika Chris zu, der daraufhin nur gähnend nickte. „Was habt ihr gesagt? Teilt eure Gedanken gerne mit uns. Hier ist ein sicherer Raum, wir sind alle Kinder Gottes", machte sie mit dem religiösen Gelaber weiter.

„Glocken können Menschen wecken", improvisierte Annika möglichst ernsthaft, doch ein kleines Grinsen konnte sie sich dabei einfach nicht verkneifen.

„Oh ja! Der Weckruf des Glaubens! Du hast recht, so recht. Läute sie", begeistert bekam Annika die Glocke ausgehändigt und mit der gleichen Begeisterung wie ihre Lehrerin ließ sie das so religiöse Symbol bimmeln und zwar direkt neben Chris Ohr. Vor Schreck kippte die Schlafmütze nach hinten und alle mussten laut loslachen. „Bist du jetzt geweckt?", erkundigte sie sich honigsüß. „Mit ganzer Seele", antwortete er ironisch und setzte sich wieder auf. Frech griff er sich die Glocke: „Jetzt bin ich dran!"

Lachend hielt sie sich die Ohren zu. „Du musst noch sagen, was Glocken sind!", brachte sie atemlos hervor. „Rache! Glocken läuten Rache ein!", rief er ausgelassen.

„Nein, nein, nein! So ist das nicht! Stopp, stopp, stopp!", hielt die harmoniebedürftige Lehrerin ihn hektisch auf.

Fast hätte er vergessen, dass sie hier ja auf der Adventsandacht waren. „Es tut mir leid, ich meinte natürlich, dass sie das Ende der Rache und damit die Versöhnung einläuten", schaltete Chris schnell auf versöhnlich, passend zu seinen Worten.

Immer noch geschockt von ihrem wilden Verhalten nickte der Hippie-Engel und nahm die Glocke vorsichtig entgegen. Leise kicherte jemand im Raum.

„Verbindet sonst noch jemand etwas mit Glocken? Es wäre schön, wenn jeder etwas sagt", die Gute klang ein wenig zweifelnd, als wäre sie sich nicht sicher, ob sie die nächste Nennung hören wollte.

Ja, sie war schnell überfordert, wenn nicht alles ganz friedlich und harmonisch war, aber wenn sie dann im Lehrerzimmer ihr zartes Herzchen ausschüttete, gab es immer Donnerwetter von den anderen Lehrern. Also war es gut, diese christliche Wundertüte bei Laune zu halten.

Zum Glück übernahm das nochmal einer der Knirpse: „Glocken helfen bei Kühen, damit sie nicht verloren gehen. Wie bei Jesus mit der Herde." Super. Er brachte auch gleich den kirchlichen Zusammenhang, allerdings wirkte dieser Beitrag schon ein wenig weltfremd. Wo liefen denn noch Kühe mit Glocken rum?

„Genau", bekräftigend nickte die Lehrerin und händigte ihm einen Hauch zögerlich die Glocke aus. Ganz gesittet läutete er ein wenig und gab das Ding zurück. Ihre Gesichtszüge entspannten sich wieder. Ein ähnliches Schauspiel wurde noch ein paarmal mit geistreichen Nennungen wie „Glocken sind auch bei den Rentieren des Weihnachtsmans" und „Glocken kann man läuten, damit jemand weiß, dass man da ist und die Tür öffnet", durchgezogen.

Allerdings weigerten sich einige stoisch etwas zu dieser so offenen und geistreichen Runde beizusteuern. Ganz konzentriert wichen sie ihrem Blick aus. Diese Technik wurde so oft angewandt, obwohl doch jeder seit dem Kindergarten wusste, dass es nichts half, nichts zu sehen, um selbst nicht gesehen zu werden.

Endlich gab Frau Hippie-Engel auf und beendete diesen albernen, interaktiven Teil. „Zum Abschluss werden wir noch gemeinsam meditieren. Ich werde gleich das Licht löschen, sodass jeder in der Dunkelheit seine Gedanken intensiv erleben kann und sich nochmal bewusst wird, dass der Glauben ein Licht für die Ewigkeit ist", ging die religiöse Tante besinnlich im Programm weiter.

Das klang doch gut, einfach ein bisschen entspannt rumsitzen und die Wärme genießen. Dafür waren sie immerhin hierher gekommen.

„Nicht erschrecken, ich schaffe jetzt die Atmosphäre", mit diesen Worten schaltete die Lehrerin das Licht aus. Mit einem kleinen Lächeln schloss Annika die Augen. Es war doch schön, den Tag ein wenig gemütlich zu starten. Allerdings blieb es nur für etwa drei Sekunden ruhig.

Schon fing die Reli-Tante an die Glocke zu schlagen, als wäre es eine Klangschale, beides nervig. Damit ruinierte sie Annika voll die Stimmung.

„Du bist jetzt wahrscheinlich wach", raunte Chris ihr mit einem Grinsen in der Stimme zu und lehnte sich so weit zu ihr rüber, dass er mit seiner Wange gegen ihre Schulter kam. „Und du solltest aufpassen, dass du nicht einschläfst", erwiderte sie mit einer stetig wachsenden Genervtheit. Dieses Glockengebimmel trieb sie noch in den Wahnsinn! „Spürt ihr, wie Gott bei euch ist und euch in einer warmen, behüteten Umarmung willkommen heißt?", spielte die zartbesaitete Reli-Lehrerin jetzt auch noch den spirituellen Kommentator. Das wurde ja immer besser.

Auf einmal wurde Annika von jemandem von der Seite umarmt. „Oh Gott!", hauchte sie spaßhaft theatralisch.

„Spürst du die Umarmung?", wisperte Chris schelmisch zurück. „Das hat man doch schon an meiner Reaktion gemerkt. Bist du etwa schon im Halbschlaf, dass du den Zusammenhang nicht... Oh!", mitten im Satz schubste er sie auf einmal nach hinten.

Erschrocken klammerte sie sich an ihn und riss ihn mit zu Boden. Hemmungslos musste sie loskichern und unterdrückte das Geräusch schnell mit aller Macht.

„Das ist der letzte Teil meiner Rache, die die Glocke eingeläutet hat", flüsterte Chris und man hörte ihm an, dass es auch ihm tierisch schwer fiel, leise zu sein.

„Wer anderen eine Grube gräbt, fällt selbst hinein. Du liegst auch am Boden", machte sie ihn mit angestrengt gepresster Stimme aufmerksam.

„Am besten kann man sich in der Stille konzentrieren. Wenn jemand Angst bekommt, kann er sofort Bescheid sagen und ich schalte das Licht wieder ein", was für ein seltsamer Kommentar von dieser harmonischen Heiligen.

Irgendwie war diese Situation extrem lustig! Annika rutschte ein kleines Glucksen raus und von Chris kam ein kleines, schnaufendes Lachen. Ermahnend drückte sie ihm die Hand auf den Mund oder zumindest versuchte sie es. Sie traf eher seine Wange und erst im zweiten Anlauf bekam sie sich zur richtigen Stelle vorgetastet und das war auch schwer nötig.

Chris hatte genau im selben Moment das Gleiche versucht, allerdings hatte er zuerst albern ihre Nase erwischt. Zwei Dumme ein Gedanke. Und jetzt lagen sie da, in der Dunkelheit, auf dem Boden der Bibliothek und versuchten irgendwie gegenseitig das Lachen zu unterdrücken, was super seltsame Glucksgeräusche ergab.

Doch irgendwann kam der Punkt, wo es sich veränderte, ganz langsam, schleichend. Aus dem ausgelassenen Spaß wurde etwas Tieferes... Nähe, Wärme, Vertrautheit.

Sanft wanderte Chris Hand von ihrem Mund und strich über ihre Wange, die vom hefigen Lachen sicher gerötet war. Ihre Atmung war ganz unregelmäßig, er spürte wie die warme Luft über seine Haut strich.

Ohne zu wissen, was sie tat, gab auch Annika seinen Mund frei und fuhr zärtlich über sein Kinn bis zum Ohr. Irgendwie kamen sie sich immer näher. Es passierte wie von selbst.

Auf einmal berührten sich ihre Lippen. Dieser Kuss war vollkommen aus dem Nichts gekommen, absolut bescheuert, aber es fühlte sich richtig an und warm und weich, als würden sie im Sonnenschein baden oder schweben, alles war so leicht und schwerelos...

Plötzlich ging das Licht an. Sofort fuhren die Freunde auseinander. Oder war der Begriff mittlerweile falsch? Waren sie noch Freunde? Konnten sie noch Freunde sein? Waren sie mehr? Konnte das funktionieren? Wie war es überhaupt so weit gekommen?

Vielleicht war jetzt nicht ganz der richtige Moment, um sich darüber Gedanken zu machen. Alle starrten sie an und kicherten. Für einen ersten Kuss hätten sie kaum einen unpassenderen Ort und Zeitpunkt finden können. Klar, die Adventsandacht stand für Nächstenliebe, aber sicher nicht so.

Das bestätigte auch nochmal der völlig entgleiste Gesichtsausdruck der Reli-Lehrerin.

„Ähm. Ich glaube, ich hab die Schulglocke läuten gehört. Einen besinnlichen Tag noch. Auf Wiedersehen!", schnell stand Annika auf und zog Chris mit nach oben.

Allerdings wäre das gerade gar nicht nötig gewesen. Er sprudelte regelrecht vor Energie über und fühlte sich absolut wach, fast so als wäre er Dornröschen und wäre wachgeküsst worden, von Annika.

Damit hätte er nie gerechnet. Aber es war passiert und irgendwie war es schön, doch auch verdammt verwirrend.

Gemeinsam verließen sie die verträumte Wärme der Bibliothek und in der nüchternen Kälte draußen lag ein klares Versprechen: Diese Weihnachtszeit würde auf jeden Fall aufregend werden. Eine neue Zeit war eingeläutet...

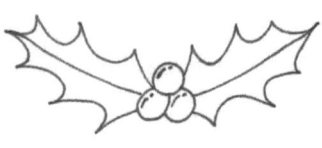

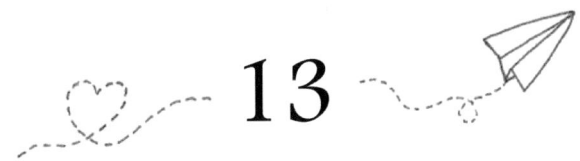

13

Glück im Unglück

Freitag der 13. sollte es in der Weihnachtszeit nicht geben. Laslo war sowieso total der Pechvogel und wenn dann noch der Unglückstag dazu kam... Immer eine Vollkatastrophe. Dabei sollte in der Weihnachtszeit doch eigentlich alles ruhig und schön und glücklich sein, nicht peinlich und tollpatschig.

Sein Tag hatte auf jeden Fall schonmal gut gestartet. Zuerst hatte er Socken angezogen, die ein übertrieben großes Loch hatten. Dann hatte er sie gewechselt, war in eine Wasserpfütze vor der Spüle getreten und hatte sich halt nochmal die Socken wechseln müssen.

Und als er die Schuhe anziehen wollte, ging das nicht, weil sein Hund einen weggeschleppt hatte und der sich absolut nicht finden ließ. Also musste er statt seinen kuschelig gepolsterten Winterschuhen seine dünnen Sommerturnschuhe anziehen. Eiszapfenzehen voraus!

Um sein Pech noch zu ergänzen, riss der Filter in seiner Kaffeemaschine und die Brühe war richtig widerlich.

Also kein Kaffee heute.

Und die Brötchen waren steinhart, was vielleicht damit zu tun hatte, dass sie schon vom Wochenende waren und die meiste Zeit draußen gelegen hatten. Frühstücken war also auch scheiße.

Nachdem er sich schließlich aus dem Haus gequält hatte, ging der Alptraum fröhlich weiter. Seine Scheibe am Auto war komplett eingefroren und er fand seinen Eiskratzer nicht mehr. Weil er langsam echt spät dran war, versuchte er die Scheibe mit seinem Ordner frei zu kratzen, wobei ihm auch gleich eine Ecke abbrach. Verflucht!

Dieser Tag war einfach der Horror! Mieser Freitag der 13.! Und dabei war der Tag erst angebrochen. Vielleicht sollte er gleich zu Hause bleiben, in der Schule konnte noch so viel passieren. Zum Beispiel eine HÜ in jeder Stunde oder ein Parkunglück oder eine super strenge „Heft"-Kontrolle. Bei der letzten hatte er mega Anschiss gekriegt, weil bei ihm alle Blätter nur so im Ordner rumflogen. Dabei hieß es doch, die Lehrer wären in der Oberstufe entspannter. Tja, falsch gedacht.

Trotz der miesen Vorahnung machte sich der Pechvogel auf den Weg zur Schule und wurde dabei erst einmal schön geblitzt. Echt toll. Aber bei seinem Glück hatte er eigentlich damit rechnen müssen. Es ging doch alles schief, was irgendwie schief gehen konnte.

Auf dem Parkplatz suchte er sich extra einen Platz am Rand, wo das Kollisionsrisiko möglichst niedrig war.

Dummerweise war in diesem Ecken nicht gestreut und der Weg wurde eine riskante Rutschpartie, bei der er sich zweimal den Ellenbogen anstieß. Es hätte eigentlich nur noch gefehlt, dass seine Hose riss, aber der Tag war ja noch lang...

Mehr oder weniger unfallfrei schaffte Laslo es ins Klassenzimmer, in dem natürlich auch schon der Lehrer wartete und weil heute ein Unglückstag erster Güte war, hatten sie heute natürlich nur die miesen Unterrichtsstunden.

Während er versuchte die erste Doppelstunde irgendwie zu überleben, schnitt er sich gleich zweimal am Papier und wurde volle sechsmal aufgerufen. Der Lehrer hatte ihn auf jeden Fall auf dem Kicker oder es war das Schicksal selbst.

Wie ein begossener Pudel schleppte er sich in der Pause in Richtung Schulhof. Eigentlich musste er sich jetzt noch etwas zum Mittagessen kaufen, aber natürlich hatte er auch seinen Geldbeutel vergessen.

Plötzlich lief irgendwer voll in ihn rein, ein Mädchen aus der zehnten. Erschrocken ließ sie einen Kaffeebecher fallen, doch das Ding war aus Plastik und hatte einen Deckel, von daher war es überhaupt nicht schlimm. Glück im Unglück. Damit wäre er ja schon zufrieden.

„Oh! Entschuldigung! Alles in Ordnung?", entschuldigte sie sich sofort bei ihm. „Ja, alles gut", meinte er gleich, auch wenn das eigentlich eine fette Lüge war. Heute war gar nichts gut.

„Ich hab die Leiter zuerst gar nicht gesehen und wenn man darunter durchgeht, bringt das doch Unglück und heute ist Freitag der 13. Da muss man extra vorsichtig sein", erklärte sie ihm ausgelassen. „Du glaubst auch an Freitag den 13?", fragte er überrascht.

Seine Freunde lachten ihn immer aus, weil er so abergläubig war. „Ja, ich bin ein kleiner Pechvogel, aber ich versuche das Beste daraus zu machen. Aus jedem Unglück lerne ich was, deswegen auch der Becher", grinsend tippte sie gegen das Gefäß. Hmm...

„Ich bin auch total der Pechvogel", erwiderte er immer noch ein wenig überrumpelt, dass er jemanden getroffen hatte, dem es genauso ging wie ihm. Nur schien sie damit deutlich besser klar zu kommen.

„Freut mich dich kennenzulernen! Ich bin Tyra. Ein paar meiner Freunde nennen mich Tiger, aber der Spitzname ist wohl eher komisch als lustig", stellte sie sich ganz ausführlich vor.

„Ich bin Laslo und habe keinen Spitznamen, aber bei der Scheiße, die mir immer passiert, bin ich froh, dass ich überhaupt noch Freunde habe", machte er es ihr nach und fühlte sich dabei ein bisschen, als wäre er in einer Selbsthilfegruppe. Bei dem Gedanken musste er schmunzeln.

„An welches dämliche Pech denkst du gerade?", erkundigte sie sich unbeschwert.

„Ich hab nicht an sowas gedacht, sondern eine Selbsthilfegruppe für Pechvögel", antwortete er ihr ehrlich.

„Oh! Das wäre sicher witzig! Bestimmt würden die Stühle von der Hälfte der Leute einkrachen oder sie würden sich gedankenlos daneben setzen oder über die eigenen Füße stolpern. Und erst die verrückten Geschichten, die jeder erzählen könnte!", malte Tyra es sich bildlich aus: „Was war dein verrücktester Moment?"

„Das war bei einem Weihnachtsessen vor ein paar Jahren. Wir sind zu meiner Oma gefahren und nebenan hatten ein paar Kinder Schneeball-Schlacht gespielt. Gerade als ich aussteigen wollte, hatte mich einer im Gesicht getroffen. Und dann war da eine richtig heftige Windböe gewesen und als ich die Autotür zugeschlagen hatte, hatte ich meinen Schal darin eingeklemmt und der hat mich beim ersten Schritt halt total zurückgerissen. Mein Gesicht ist voll gegen die Scheibe geklatscht und als ich endlich frei kam und dachte, es wäre überstanden, bin ich ein paar Schritte weiter ausgerutscht."

Laut lachte sie auf, richtig fiepend, fast wie ein Delphin, so ein Lachen, über das man einfach lachen musste. Er konnte gar nicht anders, als mit einzusteigen.

„Mein Beileid", brachte sie atemlos hervor und klopfte ihm auf die Schulter. „Was war dein schlimmster Moment?", wollte er jetzt auch von ihr wissen.

„Also mein schlimmster Moment allgemein war auf einem Dorffest letztes Jahr. Da waren so zwei Typen, die zum Spaß mit Besen gekämpft haben. Dabei haben sie auch die ganze Zeit so witzige Laserschwert-Geräusche gemacht. Bis auf einmal von einem der Besen dieses borstige Vorderteil abgeflogen und genau gegen mich geknallt ist. Hat mich glatt ausgeknockt, zwar nur für ein paar Sekunden, aber ich hatte eine fette Beule und ich bin dabei rückwärts in die Brennnesseln gefallen. Das war so richtig gemein", schilderte sie ihm bildlich und bei der Vorstellung musste er auch voll loslachen.

Ein fliegender Besen! Haha! Das klang so, als wäre sie eine Hexe! Eine Hexe, bei der alles schiefgegangen war.

Kurz musste sie auch kichern und nahm den Faden dann wieder auf: „Und mein schlimmster Weihnachtsmoment ist auch schon einige Jahre her. Ich wollte ein Geschenk unter den Baum schmuggeln und bin dabei blöd gegen den Ständer gekommen. Der Weihnachtsbaum ist dann umgekippt. Und natürlich hab ich versucht ihn wieder aufzustellen und mir dabei schön das Handgelenk verknackst."

Das war zwar keine krasse Ereigniskette, aber auch eine Hausnummer. „Das ist mies", bestätigte er mitfühlend.

„Jap. Seitdem lasse ich die Finger vom Baum und dekoriere auch nur in Gesellschaft", meinte sie locker. Es war echt beeindruckend, wie sie mit alldem umging.

Warum hatte er es nie getan? Wieso hatte er nicht daraus gelernt und sich immer nur geärgert? Wieso hatte er noch nie so offen darüber geredet und gelacht? Es fühlte sich gut an…

Laut grummelte sein Magen. „Oh. Hast du Hunger?", fragte sie ihn auf ihre wundervoll gelöste Art.

„Ähm ja. Bei mir gab es heute nur trockene Brötchen und ich hab mein Geld vergessen. Halt Freitag der 13. Passiert", antwortete er mit einem Schulterzucken.

„Ist mir auch schon passiert, deswegen habe ich überall eine Notreserve, Geld nicht Essen. Essen hatte ich zwar auch schon, aber das ist nicht gut ausgegangen", plauderte sie vor sich hin: „Komm. Wir gehen in die Cafeteria, ich geb dir einen aus."

Energiegeladen machte sie sich auch gleich auf den Weg und verfehlte die erste Stufe abwärts. Erschrocken riss sie die Augen auf.

Sofort griff er ihren Arm und fing sie auf. Er war ein Held! Doch dieses berauschende Gefühl hielt nur etwa eine Sekunde, denn schon rutschte er auf einer nassen Stelle aus und riss sie mit sich zu Boden, zum Glück nach hinten auf das Plateau und nicht nach vorne auf die Stufen.

Den Weg hatte dafür der unzerstörbare Kaffeebecher genommen, der fröhlich nach unten polterte. Nach dem ersten Schreckmoment lachte Tyra total ausgelassen auf und er stieg mit ein. So ein dummes Pech und es fühlte sich an, wie das größte Glück der Welt. Wie ihr Gesicht leuchtete und wie er ihr Lachen spüren konnte, weil sie halb auf ihm lag...

Konnte mit der richtigen Person vielleicht auch ein Unglück glücklich sein? Es fühlte sich ganz danach an...

14

Schneekugelchaos

Ella starrte auf die Vokabelliste vor sich, ohne die Buchstaben richtig zu lesen. Um sie herum wurde geredet und gelacht. Auf dem Schulhof war es immer laut. In den Pausen waren immer alle außer Rand und Band, was auch half, um bei diesen Temperaturen nicht zu erfrieren.

Ihre Finger wurden schmerzhaft steif und ihre Zehen spürte sie längst nicht mehr. Einfach alles war kalt und das wilde Treiben um sie herum wirkte weit entfernt, als wäre eine unüberwindbare Mauer zwischen ihr und ihnen.

Gleich würden sie in Englisch eine HÜ mit diesem blöden Shakespeare-Englisch schreiben, das doch total veraltet war und völlig unnötig. Sie musste das noch irgendwie in den Kopf kriegen. Noch eine schlechte Note in Englisch konnte sie sich echt nicht erlauben.

Warum konnten sie nicht einfach Songtexte analysieren? Das wäre so viel leichter und auch nützlicher.

Dieses staubtrockene Zeug machte echt überhaupt keinen Spaß und wenn es um Sprachen ging, war sie sowieso vollkommen talentfrei.

Sie war ja schon froh, dass sie Deutsch einigermaßen hinbekam.

„Lernen oder nicht lernen, das ist hier die Frage", alberte Mark und riss sie damit aus ihren verzweifelten Lernversuchen. „In english please", konterte Ella authentisch.

„Learn or not learn, that's ici la question", mischte der Scherzkeks bestes Fehler-Englisch mit Französisch, gruselige Kombi.

Ein kleines Schmunzeln setzte sich auf ihrem Gesicht fest und mit einem Mal wirkte alles nicht mehr ganz so grau und kalt.

„Ich bin ja für not learn", machte er unbeirrt weiter. „Würde ich ja gerne, aber ich darf die HÜ nicht auch noch verhauen", erwiderte die gewissenhaft Lernende und richtete ihre Aufmerksamkeit wieder auf die ätzende Vokabelliste oder zumindest versuchte sie es. Bei dem überdrehten Lärm war es echt schwer, sich zu konzentrieren.

„Komm schon El! Es ist doch Weihnachten! Sei kein Grinch!", versuchte Mark hartnäckig, sie vom Lernen abzubringen.

„Es ist nur der 14. Dezember, nicht der 24.", verbesserte Ella ihn nüchtern. „Grinch", warf er ihr daraufhin vor. „Nervensäge", konterte sie, ohne den Blick zu heben.

„Der 14. Dezember ist auch ein sehr wichtiger Tag. Es ist der deutsche Tag der Schneekugel", schaltete sich auf einmal auch Isabell in die sinnlose Diskussion ein. „Das hast du gerade gegoogelt", durchschaute Ella sie gleich.

„Na gut, ja. Du hast mich erwischt", gestand Isabell es auch gleich ein und hob kapitulierend die Hände: „Aber du solltest dir trotzdem mal an einer Schneekugel ein Vorbild nehmen und deinen Kopf ordentlich durchschütteln. Mach dich nicht so verrückt mit dem Lernen."

„Wie philosophisch", kam es ironisch von dem Mädchen mit der Vokabelliste und sie rollte mit den Augen.

„Jetzt sei nicht so ein Grinch!", Isabell gab ihr einen kleinen Stupser in die Seite. „Du jetzt auch?", dramatisch legte sich Ella die Hand auf die Brust, als hätte sie dieser tragische Verrat mitten ins Herz getroffen.

„Schlag ein", auffordernd hatte Mark die Hand gehoben. „Yeah", ausgelassen klatschte Isabell ein. „Du hättest jetzt Hohoho sagen müssen", erwiderte er scherzhaft.

„Oh. Du hast recht!", und mit einer richtig oscarreifen Weihnachtsmann-Stimme spielte Isabell: „Ach du liebes Schneeflöckchen! Wo ist nur meine mollig-warme Ausdrucksweise hin? Bei meinem weißen Bart!

Mark und Ella mussten einfach loslachen, für den Moment war wirklich nicht an Lernen zu denken.

„Ein glückliches Lachen ist die Essenz meiner Seele, ihr Zimtwaffel-Schätzchen! Wie Glöckchen in meinem Herz", machte sie mit ganz tief verstellter Stimme weiter.

Ausgelassen kicherten die beiden Freunde weiter vor sich hin, doch langsam meldete sich Ellas

Pflichtgefühl wieder. Auf sie warteten noch jede Menge trockene Englischvokabeln. Yeah.

Doch bevor sie überhaupt eine Chance hatte weiter zu lernen, läutete eine Glocke, allerdings nicht im Herzen sondern in der Schule.

Verdammt! Die Pause war vorbei und sie hatte gar nichts drauf! Das würde wieder ein Desaster werden!

„Bei meinem linken Stiefel schwöre ich dir, dass es nur halb so schlimm wird. Du schaffst das schon, das wird bestimmt", irgendwann in dieser aufbauenden Rede wechselte Isabell wieder vom Weihnachtsmann zu ihrer Freundin.

Ja, irgendwas würde es bestimmt werden, aber gut mit Sicherheit nicht. Mit einem ganz miesen Gefühl ging sie zurück in die Schule, wobei sie ihre Zehen kaum noch spüren konnte. Miese kalte Jahreszeit.

Und dann rempelte so ein Idiot sie noch an und ließ seinen Ordner auf ihren Fuß fallen und bewies damit, dass sie ihre Zehen doch noch spüren konnte. Das wurde doch immer besser.

„Oh. Tut mir leid!", entschuldigte er sich wenigstens und hob das Ding auch gleich hoch. „Schon gut", murmelte sie mit den Gedanken in sehr dunklen Wolken...

„Hey El, der Typ war doch super süß. Und du hast ihn gar nicht richtig angesehen! Das hätte echt Potenzial gehabt! Du darfst dich nicht von deiner schlechten Laune von solchen Chancen abbringen lassen!", Isabell schüttelte sie so, als wäre sie selbst eine Schneekugel.

„Du immer mit deinen erfundenen Romanzen! Der Kerl hat mir höchstens einen blauen Zeh verpasst, mehr nicht. Und wenn du schon unbedingt irgendwen zusammenbringen willst, warum dann nicht dich und Mark? Ihr seid beide verrückt und nervig, passt doch", konterte Ella fast schon ein wenig herausfordernd.

„Mark und ich?", wiederholte der Scherzkeks total überrumpelt. „Warum nicht? Ist deutlich naheliegender als ich und der Ordner-Tollpatsch", rechtfertigte sie sich schlagfertig.

„Oh, apropos... Hier hat jemand etwas verloren. Vielleicht ist das ja eine zweite Chance für... den Ordner-Tollpatsch... Matteo. Das ist sein Stundenplan", mit diesen Worten bückte sich Isabell und drückte ihr auch gleich den Zettel in die Hand.

„Tolles Ablenkungsmanöver, aber das beweist eigentlich nur, dass ich recht habe", erwiderte Ella grinsend. Sie liebte diesen neuen, empfindlichen Punkt, den sie gefunden hatte.

„Du spinnst doch!", schnaubte die Kupplerin, die echt nicht gut damit klar kam, dass sich das Blatt gewendet hatte. Allerdings kamen sie nicht groß dazu sich weiter zu necken, denn schon kam ihre Englisch-Lehrerin und Isabells Worte bewahrheiteten sich, es war nur halb so schlimm, nein, sogar eigentlich noch weniger.

Obwohl sie vorher so einen Stress gemacht hatte, schrieb ihre Lehrerin keine HÜ. Das war auf jeden

Fall besser, als vor einem leeren Blatt zu hocken, weil man sich keine zwei Wörter merken konnte. Mies war es nur, dass sie sich umsonst mit dem Lernen rumgeschlagen hatte.

„Hey, das ist doch quasi ein Weihnachtswunder, fast wie ein Zeichen, dass du deinen Tollpatsch suchen sollst", raunte Isabell ihrer Freundin zu.

„Und wenn ich das mache, verabredest du dich dann mit Mark? Und nicht ein Kakao unter Freunden, wirklich ein Date", stellte Ella herausfordernd Bedingungen.

Prompt war sich der Scherzkeks ihrer Sache nicht mehr ganz so sicher. Haha, wieder voll den Punkt getroffen! Aber die Kupplerin schien es echt ernsthaft zu überdenken.

Hatte sie damit vielleicht wirklich etwas in Gang gebracht?

In der Pause kam Mark natürlich sofort wieder zu ihnen und was hatte er dabei? Eine Plastikflasche in der kleine Steinchen, leeres Tipp-Ex und anderes Zeug im Wasser trieben und da war noch eine kleine Schneemannfigur drin, die aber erst auf den zweiten Blick richtig auffiel.

„Tadaa! Passend zum Tag der Schneekugel!", präsentierte der Spaßvogel und schüttelte die Flasche heftig. Ausgelassen lachte Isabell sich total ab und keuchte: „Geniale Sache!" Während Ella nur lächelnd den Kopf schüttelte und mit einem kleinen Ellenbogenstoß ihrer Freundin zuflüsterte: „Topf und Deckel."

Verwirrt runzelte Mark die Stirn. Sie hatte wohl nicht leise genug geflüstert.

„Mit einem Topf und einem Deckel könnte man auch eine Schneekugel machen. Na ja, ganz kugelig wäre es nicht, aber das ist die Flasche ja auch nicht", versuchte die sonst so ausgelassene Schülerin es irgendwie zu retten und wirkte dabei fast schon ein wenig nervös.

„Alles in Ordnung?", fiel es der anderen absolut nicht ernsthaften Person auf.

„Klärt das unter euch. Aber lasst euch von den Schneekugeln nicht ablenken. Nicht dass eure Gedanken bei euren Späßen durchgeschüttelt werden", mit einem vielsagenden Blick klopfte Ella ihrer Freundin auf die Schulter und ging einfach.

„Hey! Wo willst du hin?", rief Isabell ihr perplex hinterher. „Ein gewisser Matteo vermisst sicher seinen Stundenplan", meinte sie lässig und wedelte im Gehen mit dem Blatt Papier rum. Sie musste ihren Teil der Herausforderung schließlich auch erfüllen.

Ein Hoch auf das Chaos der Schneekugeln und hohoho.

15

Schneeballfall-Strategie

„Gewonnen", verkündete Simone und setzte ihr letztes Kreuz in dem Drei-Gewinnt-Feld, das sie mit ihren Fingern in den Schnee auf der Fensterbank gezeichnet hatten. Die letzten drei Runden hatte sie auch schon gewonnen und langsam wurde es langweilig.

„Wie?", verständnislos starrte Marcel auf das Abbild seiner erneuten Niederlage. „Strategie hast du halt überhaupt nicht drauf", erwiderte sie lässig. „Du bist... du hast schon allein wegen deiner Streberbrille voll den unfairen Vorteil. Das ist halt schon die Energie der... Klugheit", verteidigte er sich nicht so schlagfertig wie beabsichtigt.

„Genau", scherzhaft schob sie sich die Brille mit einem Finger hoch, die perfekte Strebergeste.

„Krieg ich eine Revanche?", bat er sie mit ungebrochenem Optimismus.

„Ne. Ich gewinne eh nur wieder und die Fensterbank ist schon voll", lehnte Simone ab und machte ein kleines Grinsegesicht auf den noch letzten freien Platz.

Eine Freistunde war ja eigentlich super, aber das hier war einfach nur so langweilig!

„Was hältst du von einer Schneeballschlacht?",
suchte Marcel energiegeladen nach weiteren Be-
schäftigungsmöglichkeiten.

„Schon das Schneeballverbot vergessen? Du
weißt schon, Steinchen ins Auge, großes Drama",
entgegnete sie nüchtern.

Nachdenklich starrte ihr Kumpel für einen Moment
auf die Fensterbank. „Vielleicht sollten wir das
Fenster auch mal zu machen. Wenn wir noch
länger lüften, wachsen am Ende noch Eiszapfen
an der Tafel", meinte sie und rieb sich ihre vor
Kälte ganz roten Finger.

Plötzlich hellte sich Marcels Gesicht auf. Skeptisch runzelte Simone gleich die Stirn und er sagte
mit einem schiefen Grinsen: „Und was wäre mit
einem Schneefall, also einem Schneeballfall?"

„Was?", verständnislos sah sie ihn an. „Na wenn
wir den Schneeball nicht werfen, sondern fallen
lassen, ist es nicht verboten", feilschte Marcel um
die Regeln.

„Du bist so ein Spielkind!", grinsend schüttelte sie
den Kopf und fing gleich an einen Schneeball zu
formen.

„Genau!", ausgelassen schloss er sich ihr an.
„Das machen wir natürlich nur im Sinne der Wis-
senschaft", stellte sie scherzhaft klar.

„Natürlich", meinte er ironisch und hatte schon
den fertigen Schneeball in der Hand. Erwartungsvoll sah er zu seiner besten Freundin, die noch
alles ein bisschen zusammendrückte.

„Soll ich die Zeit stoppen?", erkundigte sich Marcel schmunzelnd. „Ich denke, nur die Sekunden zählen reicht", beurteilte sie leichthin. „Du bist der Boss, der Kopf hinter allem", stimmte er frech zu. „Sei nicht so bescheiden, das war deine Idee", gab sie ihm das Kompliment zurück.

„Eins, zwei...", fing der Chaot an zu zählen und streckte seinen Arm aus: „Drei!" Nicht ganz gleichzeitig ließen sie ihre Schneebälle los und beobachteten, wie sie runter fielen. Grinsend lehnte sich Simone nach vorne.

Irgendwie war das ja schon lustig. Ein Tanz an der Grenze des Regelverstoßes...

Oh nein! Ihr Lächeln erstarb. Da unten war jemand! Nein! Was war das denn für mieses Timing?! Nein, nein, nein! Zu spät. Ihr Schneeball war wirklich punktgenau auf dem Kopf gelandet. Verdammt.

Ertappt ging Marcel sofort in Deckung unter der Fensterbank, doch das Superhirn kam nicht auf die Idee sich zu bewegen. Wie erstarrt stand sie nur da. Der Getroffene blickte irritiert nach oben. Ihre Blicke trafen sich. Oh. Er sah eigentlich ganz gut aus, mit den dunklen Haaren, die ihm in die Stirn fielen und mit Schneeflocken gepudert waren und der stylische Ohrring auf einer Seite... War das ein Schwert?

Plötzlich wurde sie mit einem Ruck nach unten gezogen und hätte sich dabei fast das Kinn an der Fensterbank angestoßen.

Total perplex glotzte sie Marcel an. „Und wer war es? War es ein Lehrer?", wollte ihr bester Freund zischend von ihr wissen.

„Ähm. Nein… Nein", so langsam fing ihr Gehirn wieder an hochzufahren, dabei konnte sie sich nicht einmal erklären, warum sie den Absturz gehabt hatte. „Du kennst ihn also nicht?", bohrte Marcel weiter nach. „Nein", gefühlt in Zeitlupe schüttelte sie den Kopf.

„Hallo! Erde an Simone!", mit seiner Hand wedelte er vor ihrem Gesicht rum. „Ja, ja, hör auf damit", genervt schlug sie seine Hand weg. „Hallo? Wer war das?", rief der Junge von unten hoch, doch er klang nicht verurteilend, sondern eher… neugierig. „Kein Wort!", zischte Marcel ihr zu und war schon kurz davor, ihr noch den Mund zuzuhalten. „Ich bin ja nicht ganz blöd!", raunte sie zurück und zwischen ihnen entstand ein kleiner Händekrieg.

„Hey! Ich hab dich gesehen!", kam es wieder von unten, dieses Mal deutlich fordernder. Ja, sie hatte ihn auch gesehen. Das war gar nicht gut. Was würde er tun? Sie bei irgendeinem Lehrer verpfeifen? Sie war noch nie negativ aufgefallen! Sie wollte keinen Klassenbucheintrag! Warum hatte sie bei dem Quatsch überhaupt mitgemacht?! Ein Alptraum!

„Entspann dich, es wird alles gut", raunte Marcel ihr zu und tätschelte ihr die Schulter. Manchmal war es wirklich, als könnte er ihre Gedanken lesen.

Tatsächlich kam darauf kein Rufen mehr. Hatte es der Fremde aufgegeben? Irgendwie hatte sie Angst, dass er immer noch zum Fenster hochstarrte und doch kribbelte es dabei in ihrem Bauch. War das auch Angst? Es fühlte sich ja nicht so an, aber wonach es sich anfühlte, konnte sie halt nicht richtig sagen...

„Simone?", fragte ihr Freund sie, nachdem sie beide einen Moment einfach nur schweigend verharrt hatten. „Ähm ja, alles gut, wir sollten vielleicht los, nicht dass er am Ende hier noch nach uns sucht...", antwortete sie immer noch ein wenig durcheinander und bei der Vorstellung war da wieder dieses komische Gefühl.

Es war fast, als wollte sie ihn wiedersehen. Oh Gott! Sie fand ihn interessant! Und sie hatte ihm einen Schneeball an den Kopf geworfen oder genauer gesagt auf den Kopf fallen gelassen, doch diese Präzisierung machte ihre erste Begegnung auch nicht besser.

„Du bist irgendwie komisch drauf", bemerkte Marcel skeptisch: „Sah er so furchteinflößend aus? War es ein volltätowierter Muskelprotz wie von der Mafia oder so ein verbitterter Schmierlappen, der Sorte Anklage-ist-raus?"

„Nein, das war es nicht direkt...", unsicher machte sie eine kleine Pause, das war so peinlich und auch verrückt. Auffordernd sah er sie weiter an und gerade als er den Mund aufmachte, um noch etwas zu sagen, rückte sie schließlich mit der

Sprach raus: „Er war eigentlich ganz gutausse-hend."

„Oh, ich verstehe. Dann sollten wir wohl lieber hier bleiben, damit wir vielleicht erwischt werden", kombinierte der Scherzkeks mit vielsagendem Grinsen inklusive Zwinkern. „Nein! Wir gehen! Sofort!", entschieden richtete sie sich auf und dachte zu spät daran, dass der mysteriöse Frem-de sie jetzt ja sehen konnte.

Ertappt schnellte ihr Kopf herum, doch er war nicht mehr da. Natürlich. Warum sollte er auch die ganze Zeit da unten stehen und zu ihnen hochbli-cken? Für ihn war das bestimmt nur eine dumme Aktion gewesen, über die man sich zwei Minuten ärgerte und dann vergaß. Fast schon enttäu-schend...

„Tja. Pech gehabt. Du hättest ihn nach seiner Nummer fragen sollen", kommentierte Marcel mit einem Schulterzucken. „Klar, über den ganzen Schulhof", erwiderte sie mit einem Du-spinnst-doch-Blick. „Bei Referaten hast du doch auch kein Problem vor großen Gruppen laut zu reden", ar-gumentierte er nervig.

„Halt die Klappe, wir gehen jetzt und vielleicht mache ich dich draußen nochmal bei einer Runde vier-gewinnt fertig", keinen Widerspruch duldend marschierte sie los. „Ja! Ich habe eine Diskussion gegen dich gewonnen! Das ist ein krasses Ge-fühl!", musste er noch ein wenig darauf rumreiten. Schnaubend verdrehte sie nur die Augen und ging einfach weiter. Ausgelassen folgte er ihr und seine übertrieben gute Laune war geradezu lästig. Und dann, als sie gerade im Treppenhaus die erste Etage runter gegangen waren, traf es sie wie ein Schlag.

Das war er! Er kam die Treppen hoch! Er kam wirklich die Treppen hoch!

Ihr erster Instinkt war es Marcel am Arm zu packen und mit sich aus dem Treppenhaus in den nächsten Flur zu zerren. Schnell suchte sie in einem Türrahmen Deckung. Oh oh. Von drinnen hörte man Stimmen! In der Klasse war gerade Unterricht!

„Hat jemand geklopft?", erkundigte sich gerade jemand auf der anderen Seite der Tür. Simone hielt die Luft an. Das würde sie nie erklären können! „Nein, das war nur ich", gab ein anderer auf einmal Entwarnung. Oh man. Was für ein krasser Zufall! Da hatten sie gerade nochmal Glück gehabt!

Auch Marcel atmete hörbar auf und schielte dann aus ihrem Versteck. Seine Augen wurden groß. Obwohl er die Antwort offensichtlich schon wusste, fragte er leise nach: „Ist er das?"

„Sei still!", zischte sie ihm zu und zog ihn nochmal zurück. „Simone, das ist wirklich kindisch. Er ist doch schon extra reingekommen. Geh hin und rede mit ihm!", forderte Marcel ihn ungewohnt streng auf.

„Wieso spielst du jetzt meine Mami?", wechselte sie das Thema und die Strategie. Der Debattierkurs musste doch für was gut sein.

„Das ist doch egal!", fiel ihm wohl kein schlagfertiges Argument ein und bevor sie ihn in Grund und Boden debattieren konnte, wurde er von dem Geräusch von Schritten im Klassenraum gerettet.

Kurz tauschten die beiden einen vielsagenden Blick: Nichts wie weg!

Schnell sprinteten sie ins Treppenhaus zurück und auf direktem Weg nach draußen. In der frostigen Winterluft bildete ihr schneller Atem eine Spur aus weißen Wölkchen, wie von zwei Dampfloks.

Plötzlich traf Simone etwas am Hinterkopf und ein bisschen kalter Schnee rieselte ihr eklig hinten in den Kragen.

Überrumpelt drehte sie sich um und jemand winkte ihr von einem Fenster zu, dem Fenster und eigentlich nicht nur irgendjemand. Er war es und von irgendwo hatte er noch genug Schnee zusammengekratzt, um sie mit einem Schneeball abzuwerfen.

„Jetzt sind wir quitt!", rief er zu ihr runter. „Eigentlich hast du ja gegen die Schulregeln verstoßen. Wir haben die Schneebälle nur fallen gelassen, werfen ist verboten", schoss sie zurück und wunderte sich selbst über den plötzlichen Anfall von Selbstbewusstsein und Schlagfertigkeit.

„Wie wäre es mit einem Kaffee oder Kakao als Wiedergutmachung?", ging er gleich aufs Ganze und auch wenn er versuchte super lässig zu wirken, merkte man auch bei ihm einen Hauch Nervosität. „Ich hab hiernach noch Sozialkunde. Sonst würde ich ja auch wohl kaum noch hier rumhängen, aber um drei ist Schluss", antwortete sie etwas fahrig.

„Drei ist gut. Treffen wir uns wieder hier?", bestätigte er es doch tatsächlich. „Aber bitte beide unten, sonst werden wir auf Dauer noch heiser", konnte Simone es sich einfach nicht verkneifen.

„Bis um drei!", super süß winkte er ihr nochmal zu, bevor er im Gebäude verschwand. Simone konnte es gar nicht glauben.

„Siehst du, die Schneebälle fallen zu lassen, war eine gute Idee, die beste für heute. Ich hab doch Ahnung von Strategie", frech hatte Marcel die Brust raus gereckt und sie knuffte ihn mit einem Kopfschütteln in die Seite.

Wie viel nur ein Schneeball ins Rollen bringen konnte...

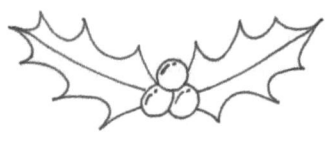

130

16

Eine verrückte Pause

Bingo! Der Klassenraum war offen! Schnell huschten die drei Freunde rein. Draußen war es echt brutal kalt und diese Sadisten von Lehrern schickten trotzdem immer alle raus! Aber nicht diese Pause. Dieses Mal würden sie hier drinnen im Warmen sein und sie hatten sogar zusätzlich etwas Besonderes geplant.

Verschwörerisch blickten sich die drei um. Auf den Tischen lagen noch Schulsachen und auch die Ranzen standen alle da. Wenn sie jetzt Diebe wären, sähe es für die Besitzer schlecht aus, aber wer wollte schon in einer Schule stehlen? Außerdem gab es doch viel bessere Dinge, die man mit den Sachen machen konnte…

Vorwitzig schlenderten sie durch die Reihen. René warf einen Blick in die aufgeschlagenen Hefte. Aha, die Schuldfrage von Antigone. Daran konnte er sich noch dunkel erinnern. Immer diese komischen Deutschlektüren.

„Ey! René! Das müsste es sein!", rief ihm Patrick aus der letzten Reihe an der Fensterseite zu. Neugierig bahnte sich auch Kalle seinen Weg zu ihnen und dann standen sie alle drei vor der leicht ramponierten Schulbank.

An den Rand waren so tolle Sprüche geschrieben wie: „Mathe ist doof!" „Ich war hier!" und einige Penisse. Aber der Tisch war hier auch nicht das Interessante sondern was darauf lag: Ein Heft wie alle anderen mit Zeichnungen am Rand, wahrscheinlich aus Langeweile, immer noch nichts Besonderes, auch wenn die Herzen mit dem R + K schon ein deutlicher Hinweis waren. Doch ganz klar wurde es erst mit einem Blick auf das leuchtend grüne Mäppchen, an dem ein kleiner Katzenanhänger mit Weihnachtsmützchen hing. Den hatte René seinem Freund Kim Anfang Dezember zu ihrem Jahrestag geschenkt und heute hatte er die nächste Überraschung.

Vorfreudig zog er das Bild hervor, das er von Kim gemalt hatte und legte es zwischen die nächsten Seiten in dessen Heft. Am liebsten würde René ja sein Gesicht sehen, wenn er es entdeckte, aber er konnte schlecht hier warten und die Reaktion später, wenn sie sich in der Pause trafen, würde sicher auch gut sein.

Ein Geschenk zu machen hatte echt etwas und wenn man dabei noch die Pause drinnen verbringen konnte, war das natürlich ein dicker Bonus. Gerade war ihm innerlich und äußerlich wohlig warm.

Auf einmal schrillte die Pausenklingel. Scheiße! War es schon so spät?! Sie mussten hier raus, bevor sie von einem Lehrer erwischt wurden!

Draußen vor der Klasse herrschte schon Tumult. Ungesehen konnten sie sich definitiv nicht mehr rausschleichen. Sie saßen in der Falle!

„Da rein!", zischte Kalle und riss die Tür des Klassenschranks auf. „Was? Spinnst du?! Da passen wir nicht alle rein und wir können doch nicht die ganze Stunde da drinnen stehen!", erwiderte René verständnislos und fuhr sich fahrig durch die Haare.

Das hatte doch nur ein kleiner Spaß werden sollen! Wie konnten sie jetzt in diesem Schlamassel stecken? Sollten sie einfach rausgehen? Wäre das nicht die beste Art den Schaden zu begrenzen? Aber das wäre so unangenehm!

„Vielleicht ist er nicht groß genug für uns drei, aber für einen...", kombinierte Patrick mit einem beunruhigend legendären Unterton: „Du musst dich verstecken! Nur so bleibt die Überraschung bestehen!"

René hatte nicht einmal die Zeit zu protestieren, da hatte ihn sein Kumpel schon in den Schrank geschupst und die Tür geschlossen. Prompt stieß er sich den Kopf an einem Regalbrett über sich und auf der Seite wurde er noch von so einem uralten Globus eingeengt. Außerdem hatte der dumme Schrank von innen keine Klinke! Das sollte doch wohl ein Witz sein!

„Hey! Macht die Tür wieder auf! Kim kennt euch doch auch! Hört auf mit dem Quatsch!", rief der gefangene Künstler und hämmerte von innen gegen die Tür. Das war keine heldenhafte Aufopferung von seinen Freunden, sondern eher das Gegenteil! Nicht gut!

„Was ist denn hier los?", verlangte auf einmal eine autoritäre Stimme zu wissen. Oh verdammt! Das war Herr Dichter! So ein richtiger Lehrer vom alten Eisen, der total streng war und sich mit seinem Nachnamen als Deutschlehrer genau den richtigen Beruf ausgesucht hatte. Wenn er jetzt aus dem Schrank kam, waren sie sowas von geliefert. Sie würden einen Klassenbucheintrag bekommen und wer weiß was sonst noch! Warum hatte dieser Idiot das gemacht?! Wie sollten sie nur wieder aus der Situation rauskommen?! Scheiß Kurzschlussreaktion!

„Ähm uns war einfach kalt und da sind wir hier in die Klasse gegangen", erklärte Kalle und man konnte ihm regelrecht anhören, wie er sich ganz klein machte. „Es tut uns leid", schob Patrick sofort hinterher.

„Wollt ihr mehr über Antigone erfahren?", fragte Herr Dichter so steif wie immer. Für einen Moment waren die beiden Freunde völlig perplex. Also half ihnen der alte Lehrer auf die Sprünge: „Wenn das nicht der Fall ist, habt ihr hier nichts verloren."

„Oh! Ähm, danke! Auf Wiedersehen, Tschüss", stammelten die beiden ziemlich überrumpelt und machten sich aus dem Staub. Es war schon ein regelrechtes Weihnachtswunder, dass Herr Dichter sie einfach so ohne Standpauke gehen gelassen hatte. Doch das Problem war: René saß immer noch im Schrank und wenn er nett klopfte, um rausgelassen zu werden, würde der krasse Deutschlehrer das sicher nicht so gefasst aufnehmen.

Da zeigte Herr Dichter mal seine weihnachtlich, gütige Seite und er hatte trotzdem nichts davon! Mies! Frustriert versuchte der verlorene Künstler eine etwas bequemere Position zu finden, sein Fuß fing schon an einzuschlafen und er würde ja wohl noch eine Weile ausharren müssen.

Oh nein! Er stieß gegen den dummen Globus und es gab einen ordentlichen Krach. Warum war das Ding so laut?! „Hast du das gehört?!", kam es dumpf aus dem Chaos der Klasse, das sich schlagartig ausgebreitet hatte. Verdammt! Jetzt starrten sicher alle auf den Schrank! Allerdings hätte jede Art ihn zu verlassen unweigerlich Aufsehen erregt.

Aber was sollte er jetzt tun?! Einfach so hocken bleiben? Irgendeine Ausrede bringen? Gab es für so etwas überhaupt eine Ausrede? Er konnte ja schlecht sagen, dass seine Freunde ihn in den Schrank gesteckt hatten. Oh man! Das klang so verrückt! Das hier war auch verrückt!

Undeutlich hörte er auf der anderen Seite Schritte. Jetzt war der Moment der Wahrheit gekommen und er wusste überhaupt nicht wie er reagieren sollte! Hilfe!

Auf einmal öffnete sich die Tür und ein blondes Mädchen schaute mit großen Augen auf ihn herab. Moment mal! Das war Rosa! Kims beste Freundin! Erleichtert atmete er auf, auch wenn das seine Situation eigentlich nicht wirklich besser machte.

„Ähm. Kim? Ich glaube… das ist von dir", rief sie leicht zögerlich nach ihrem Kumpel und hielt dabei die Schranktür nur einen Spalt geöffnet, sodass niemand ins Innere sehen konnte.

Da waren wieder Schritte. Gleich würde René seinem Freund wohl eine Überraschung liefern, mit der sie beide nicht gerechnet hatten. „Oh", rutschte es Kim raus, als er ihn entdeckte und auch seine Augen wurden ganz groß. Normalerweise liebte René ja diesen knuffig-überraschten Gesichtsausdruck, aber gerade war der Moment einfach zu ernst, um groß an so etwas denken zu können.

„Was ist denn los?", wollte Herr Dichter wissen und man hörte ihm an, dass sein Geduldsfaden schon kurz davor war zu reißen. „Ähm, es war nur mein Atlant, der runtergefallen ist. Keine Ahnung wie das passieren konnte", improvisierte Kim schnell und zog wie zur Bestätigung eins der schweren Bücher raus.

„Also gut. Können wir jetzt anfangen?", drängte der Lehrer und es war klar, dass er nicht noch eine Verzögerung tolerieren würde und ganz sicher keinen Jungen, der auf einmal aus dem Klassenschrank kam.

„Natürlich. Ich lege es nur noch schnell zurück, sodass es nicht nochmal umfällt", nervös lächelte Kim und lehnte sich weit in den Klassenschrank. Eindringlich flüsterte er René zu: „Ich lenk sie ab und du läufst schnell aus dem Klassenraum. Wir schaffen das." Angespannt nickte Kim.

Das klang nicht gerade nach einem ausgeklügelten Plan. Es konnte so viel schief gehen, aber er vertraute Kim und irgendwie gab ihm das eine verrückte Kraft. Sein Freund hatte recht, sie würden das schaffen.

Knapp nickte auch Kim einmal und richtete sich wieder auf. Plötzlich rief er: „Ach du Scheiße! Was ist das?!" und deutete mit komplett entgleisten Gesichtszügen in Richtung Fenster. Der älteste Trick der Welt, aber gut rübergebracht. Kim sollte dafür einen Oscar bekommen!

Doch jetzt musste er schnell handeln. Ohne nachzudenken sprang René auf und sprintete aus dem Klassenraum. Im Eifer des Gefechts schlug er hinter sich die Tür mit ordentlich Schwung zu.

„Was war das?", hörte er von drinnen die jetzt doch ziemlich aufgebrachte Stimme von Herr Dichter.

„Da hat wohl ein Luftzug die Tür zugeschlagen. Ein seltsamer Tag, oder? Ich hab gerade auch schon Dinge gesehen, die gar nicht da waren…", versuchte Kim, das Ding doch noch zu schaukeln und es schien zu klappen, zumindest meinte der gereizte Lehrer: „Jeder geht wieder auf seinen Platz und wir lesen weiter!"

Erleichtert lehnte sich der Entkommene an die Wand und atmete durch. Das war mal ein auf und ab gewesen! Und Kim hatte ihn quasi gerettet…

Er war wirklich sein Held.

Plötzlich sah er von der Seite eine schnelle Bewegung und jemand klopfte ihm auf die Schulter. René bekam wieder einen gewaltigen Schreck, doch es war nur Patrick. „Alter! Wie hast du es da wieder raus geschafft?", wollte er aufgedreht von ihm wissen.

„Mit einem klassischen Ablenkungsmanöver und meinem Freund", lieferte René eine schlichte Kurzfassung.

„Diese Pause war ja mal absolut verrückt!", meinte Kalle und schüttelte grinsend den Kopf. „Ihr beide wart verrückt!", erwiderte René nicht mehr ganz so sauer wie am Anfang. Kim war einfach zu genial gewesen und mit ihm kam er selbst durch die verrücktesten Pausen...

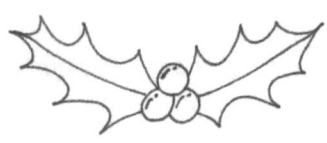

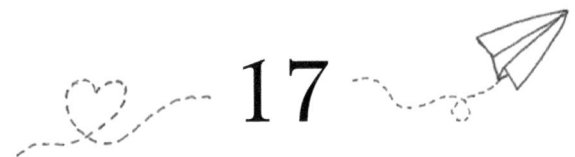

17

Eine verstrickte Liebesgeschichte

Konzentriert strickte Tamala an dem weißen, kuschligen Pullover für ihre Schwester. In diesem Muster hatte sie noch nie gestrickt und auch nicht in dieser Größe oder Genauigkeit. Sonst machte sie eher kleine, süße Kuscheltiere für ihre Freunde aus dem Lehramt-Studium und das kleine Baby ihres Cousins.

Bei denen konnte man auch mal fünf gerade sein lassen, der Kopf sah immer noch knuffig aus, wenn er zu groß wurde und wen interessierte es schon, ob die Beine übertrieben dick waren? Bei einem Pulli jedoch sah die Sache anders aus. Wenn er am Ende wie ein Sack an ihrer Schwester hing, würde das sicher niemand süß oder knuffig finden.

Also immer schön genau zählen und sich an die Anleitung halten, die hoffentlich die richtigen Maße hatte.

Plötzlich rollte das dicke Wollknäul aus ihrem Schoß. Oh nein! Sie versuchte noch es aufzuhalten, doch sie war hoffnungslos zu langsam. Nein!

Nein! Nein! Viel zu schwungvoll rollte es über den Boden.

Wenn sie sich jetzt gleich bückte, musste sie irgendwie das Fadenchaos geordnet halten und das würde eine Katastrophe werden. Alles würde sich verknoten und im schlimmsten Fall würden noch Maschen von der Nadel rutschen und dann wäre sie eine Ewigkeit damit beschäftigt alles zu entwirren und wieder den Anfang zu finden. Och nö.

Missmutig versuchte sie die halbfertige Arbeit irgendwie auf dem Tisch abzulegen. Auf einmal kamen Schritte und jemand hob das geflüchtete Wollknäul hoch. Überrascht hielt Tamala inne.

„Hier. Ich glaube, das hast du verloren", mit einem warmen Lächeln hielt er es ihr entgegen. Das war der neue Praktikant.

Wie hieß er nochmal? Matthias? Moritz? Er sah mehr aus wie ein Matthias, ein sehr sympathischer Matthias.

Seine Augen waren zimtbraun, ebenso seine Haare und dieses Muttermal direkt neben seiner Nase sah irgendwie knuffig aus.

„Danke", lächelnd nahm sie das Knäul entgegen und ihre Finger streiften sich. Seine waren kalt, aber trotzdem spürte sie dabei eine besondere Wärme, was absolut verrückt war. An dieser hilfsbereiten Geste war nichts Spektakuläres und an ihm genauso wenig.

Er war nur einer der Typen, die sich nach dem Abi mal dachten, dass sie ja irgendwann einen Job machen mussten und dann mit den Praktika anfingen. Sie hatte das alles schon im Vorhinein geregelt und ja, vielleicht hatte sie ein wenig Vorurteile gegenüber denen, die nicht so zielstrebig an die Sache rangingen wie sie.

„Was wird das?", erkundigte er sich freundlich. „Sieht man das nicht?", grinsend hielt Tamala das halbfertige Kleidungsstück hoch und wieder kullerte die Wolle aus ihrem Schoß. Ein kleines Lachen rutschte ihr raus und der Praktikant bückte sich ein zweites Mal, um sie aufzuheben.

„Danke", unbeschwert nahm sie das Knäul erneut entgegen, dieses Mal jedoch leider ohne kribbelnde Zufallsberührung. „Die Wolle will einfach nicht bei mir bleiben", kommentierte die Strickende fröhlich. Dumme Vorurteile hin oder her, er strahlte schlichtweg eine gelöste Stimmung aus.

„Die Wolle hat keinen Geschmack", beurteilte er lächelnd und erst im zweiten Moment ging ihr auf, dass das ein Kompliment durch die Hintertür war. „Oder sie hat doch Geschmack und will deswegen zu dir", gab sie die lieben Worte lächelnd zurück.

„Von einem Wollknäul ausgewählt zu werden, ist wohl das größte Kompliment überhaupt", ging er spaßhaft darauf ein.

„Allerdings haben Beziehungen mit Wollknäulen immer das große Risiko, dass man sich in die Wolle kriegt", fing sie jetzt auch noch mit albernen Wortspielen an.

Normalerweise zeigte sie diese Seite nur ihren Freunden, damit sie nicht überall als die komische

Stricktante bekannt war, doch er sah sie kein bisschen so an, als wäre ihr Humor schräg. Sein Lachen war kein bisschen gezwungen. Mehr noch, er brachte sogar einen Konter: „Die Begegnungen mit Wolle sind immer so verstrickt."

„Die Gefühle bilden dann immer ein totales Knäul", machte sie ausgelassen weiter. „Und die Ausreden mit denen man auf Distanz bleibt, sind fadenscheinig", erwiderte er grinsend. Echt gut! So langsam gingen ihr doch tatsächlich die Woll-Wortspiele aus... Ähm... Oh!

„Ja, das ist eine typische Masche", scherzhaft nahm sie bei diesen Worten noch eine Masche auf die Nadel auf, damit die Anspielung auch wirklich gut rauskam.

Kurz überlegte er aufgedreht und meinte dann lässig: „Das führt schnurgerade ins Chaos." „Und von Nervosität ist die Kehle wie zugeschnürt", griff sie triumphierend den Wortkern auf.

Plötzlich läutete die Pausenglocke. Oh verdammt! Wo war die Zeit nur so schnell hin?

„Ich helf dir", freundlich packte der Praktikant gleich mit an und sorgte dafür, dass keine Wolle auf Abwege geriet. Das war so viel einfacher, als das Durcheinander, das sie normalerweise veranstaltete.

„Willst du mir in der nächsten Pause auch wieder als Woll-Wächter helfen?", fragte sie geradeheraus oder vielleicht auch schnurgerade mit Kurs auf ein verstricktes Gefühlsknäuel zu.

„Verrätst du mir dann auch, was es werden soll?", kam er glücklich mit einer Gegenfrage.

„Das hast du immer noch nicht erkannt? Stricke ich so schlecht?", erwiderte sie gespielt gekränkt.

„Es liegt nicht an dir, nur an mir", spaßhaft legte er sich die Hand auf die Brust und schlug strahlend vor: „Was hältst du davon, wenn ich dir Gesellschaft leiste, bis ich es erkenne?" Das klang ganz nach einer fadenscheinigen Ausrede, aber das war ihr nur recht.

„Gute Idee. Bis nächste Pause", verabschiedete sie sich vorfreudig von ihm und winkte sogar aufgedreht.

Nie hätte sie gedacht, dass sie durch das Stricken mal so ein gutes Gespräch haben würde und vielleicht ja auch mehr…

18

Engel und Teufel

Das Beste daran die Abschlussklasse zu sein, war eindeutig der Weihnachtsumzug: Alle verkleideten sich als Engel und Teufel und zogen weihnachtsliedersingend durch die Schule.

Eine sehr selige Tradition, bei der sie auch Süßigkeiten an die Schüler verteilen durften und als kleinen Spaß gab es auch Kohle für die Unartigen, quasi ein Gruß von Knecht Ruprecht.

Leider durften sie nicht wie der zwielichtige Begleiter vom Nikolaus so richtig auf den Putz hauen.

Trotzdem gab es jedes Jahr welche, die versuchten Alkohol mit in die Schule zu schmuggeln oder schon gleich komplett dicht auftauchten.

Dieses Jahr nahm sich Jan dieser altehrwürdigen Tradition des Besaufens an. Währenddessen stand Andrea einfach nur als Teufel verkleidet auf dem Parkplatz und wartete auf ihren Engel und damit war definitiv nicht Jan gemeint, der sich ohne Vorwarnung voll an sie hängte.

„Gibst du mir bitte einen Kuss? Du bist doch der Teufel. Mega heiß. Verstehst du? Die Hölle ist heiß", bei seinen Worten hauchte er ihr total seine Alkoholfahne ins Gesicht.

Er hatte sich nicht einmal Mühe bei seinem Kostüm gegeben, nur ein weißes T-Shirt, eine graue Jogginghose und irgendeinen weißen Fetzen auf dem Kopf als Heiligenschein, zumindest mit viel Fantasie.

„Entschuldigung, das ist mein Platz", meldete sich Johanna mit ihrer glockenhellen, immer freundlichen Stimme und schob sich zwischen die beiden. Sie war einfach der perfekte Engel, ihr Engel. Sofort schlich sich auf Andreas Gesicht ein Lächeln zurück.

„Och, ihr seid so gemein!", beschwerte er sich wie ein Kleinkind und es war echt nicht klar, ob er das gerade ernst meinte oder scherzhaft. Sein Gehirn war eindeutig abgesoffen, wenn er denn überhaupt eins hatte.

„Weißt du was, ich gebe dir ein kleines Geschenk und dafür gehst du. In Ordnung?", kam Johanna unerwartet mit einem Kompromiss: „Schließ deine Augen." Verwirrt runzelte ihre Freundin die Stirn. Was hatte die sonnige Streitschlichterin denn jetzt vor?

Erwartungsvoll kam Jan ihrer Aufforderung nach und spitzte die Lippen.

Auf einmal zog Johanna aus ihrer Tasche ein Stück Kohle hervor und bevor er wusste, was geschah, hatte sie ihm schon ein Herz auf die Stirn gemalt.

Ausgelassen lachte Andrea auf. Johanna war wirklich immer für eine Überraschung gut und dann auf ihre süße und pfiffige Art.

„Jeder Engel sollte ein Herz haben, jetzt hast du eins", verkündete der perfekte Engel strahlend.

„Ich werde es mit Stolz tragen", verkündete der Betrunkene so gar nicht nachtragend und wie durch ein Wunder zog er auch wirklich ab.

War ihm vielleicht statt einem Hirn ein Herz gewachsen? Über den Gedanken musste Andrea schmunzeln.

„Hey", begrüßte Johanna sie nachträglich mit diesem unglaublich warmen Lächeln, das heller leuchtete als ein Stern.

„Hey", echote Andrea einfach nur glücklich und lehnte sich zu ihrer Freundin rüber.

Warm berührten sich ihre Lippen, ein kleiner Kuss, der doch so viel Geborgenheit und Zärtlichkeit in sich trug. Ein absolut weicher und traumhafter Moment.

„Ey! Kommt ihr auch mal hoch? Es geht gleich los!", kam es ungeduldig von der Treppe zum oberen Schulhof und jemand drehte die Weihnachtsmusik demonstrativ ganz laut.

Gerade lief „Last Christmas", der Klassiker, den viele nicht mehr hören konnten und der für eine heftige Diskussion sorgte.

Grinsend schüttelte Andrea den Kopf und verschränkte ihre Finger mit Johannas. Ein Teufel und ein Engel, das perfekte Paar. Oben drehte jemand die Musik noch eine Stufe höher und die einzige noch mögliche Steigerung wäre wahrscheinlich ein Erdbeben.

Natürlich kam kurz darauf ein Lehrer zu der Gruppe marschiert und sie kassierten eine Ermahnung, es war immer noch Weihnachtszeit und nicht Partyzeit, blablabla.

Viele aus der Stufe sahen das jedoch anders und es wurde ordentlich rumgealbert. Besonders die Kohle wurde viel genutzt.

Ausgelassen malten sich die Idioten gegenseitig Sterne auf die Wangen oder verkorkste Schneeflocken, alles sehr weihnachtlich.

Schon nach ein paar Minuten war Jan komplett vollgemalt und auch sein so aufwendiges Engelskostüm war mehr schwarz als weiß.

Aber hey, warum sollte es nicht auch schwarze Engel geben?

Jan nahm aber auch jeden Spaß mit. Darunter war neben der Körperkunst noch ein ganz skandalöser Schmatzer von Andy.

Irgendwie hatte der Verrückte also doch seinen Kuss bekommen.

Fröhlich zogen sie durch die Klassen und präsentierten allen ihre wahnsinnig guten Gesangskünste.

Natürlich freuten sich alle Schüler über ihren Auftritt, schon alleine weil deswegen der Unterricht gestört wurde.

Manche Klassen sangen sogar energiegeladen mit, richtige Weihnachtsstimmung! Und selbstverständlich kamen auch die Süßigkeiten gut an, die sie großzügig verteilten, vielleicht auch ein bisschen zu großzügig.

In den letzten Klassen waren sie so knapp dran, dass sie an den Vorrat gehen mussten, der eigentlich für sie selbst gedacht gewesen war. Schon schade, aber im Geist der weihnachtlichen Nächstenliebe mussten sie diesen Verzicht in Kauf nehmen, sie konnten ja nicht einfach die erwartungsvollen Kinder leer ausgehen lassen. Wenn das mal nicht fette Pluspunkte auf der Artigkeits-Liste vom Nikolaus gab!

Und es war schon ein verdammt gutes Gefühl, wie all die jüngeren Schüler sie anstrahlten. Sie hatten wirklich gute Laune im Gepäck.

So verging der Schultag wie im Flug und nachdem sie ihren ganzen Vorrat so wild verteilt hatten, versammelten sie sich auf dem Parkplatz für einen gemeinsamen Ausklang.

Es gab Glühwein und Eierlikör mit Zimt. Nach der Schule war Alkohol ja in Ordnung.

Grinsend stießen Andrea und Johanna ihre Plastikbecher zusammen, was natürlich nicht so ein schönes „Pling!" erzeugte, wie bei richtigen Gläsern, aber die Stimmung musste nur passen und das war bei ihnen eigentlich immer der Fall. Glücklich nahm Andrea einen Schluck Glühwein und es kam ihr so vor, als würde sie auch von innen glühen.

„Ich hab noch was für uns aufgehoben", verschwörerisch zwinkerte Johanna ihr zu und zog aus ihrer Tasche zwei Schokoladenkugeln.

„Du bist aber ein unartiger Engel", erwiderte Andrea grinsend und es schmeckte fast so süß wie
ihre Freundin und auch wenn Teufel keine Flügel
hatten, kam es ihr so vor, als könnte sie gleich
abheben.

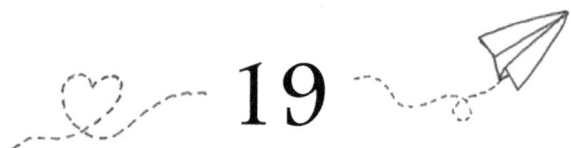

19

Ein Traum(-moment)fänger

Pia hatte das perfekte Geschenk für Luke: Ein kleiner, selbstgebastelter Traumfänger, den man als Schlüsselanhänger benutzen konnte. Die Feinarbeit war echt verdammt knifflig gewesen.

Stolz präsentierte sie ihrer besten Freundin das individuelle Schmuckstück voller Herzblut.

„Und dadurch denkst du, nimmt er dich endlich wahr und begreift, dass er schon immer unsterblich in dich verliebt war?", erwiderte sie viel zu ironisch.

Konnte sie nicht einfach mal unterstützend und begeistert sein, so wie jede normale beste Freundin?

„Luke spielt doch in einer Band und steht auf Astrologie und Mythologie. Er wird es lieben!", erklärte Pia ihr, warum ihr Geschenk so perfekt war, doch auch das konnte die ewige Skeptikerin nicht überzeugen: „Fiona läuft mit einem Sternzeichentatoo und keltischen Ketten rum und er hat sie nicht einmal angesehen."

„Fiona ist ja auch Fiona", erwiderte Pia und verdrehte genervt die Augen.

„Du könntest auch einfach mal mit ihm ein Gespräch anfangen und ihn kennenlernen. Vielleicht ist er ja auch charakterlich eine Vollkatastrophe", musste Laura es weiterhin so schrecklich rational sehen.

„Das wird ja der perfekte Aufhänger für ein offenes Gespräch, das nie endet...", plante die Geschenkebastlerin schwärmerisch, oder sollte sie es eher ein Gesprächanhänger nennen? Bei dem Gedanken musste sie schmunzeln.

„Genau", und da war sie wieder, die Ironie in Lauras Stimme: „Und wie willst du es ihm übergeben? Am Ende drückst du dich wieder davor."

„Nein, dieses Mal ziehe ich es durch!", verkündete Pia voller Entschlossenheit.

„Aha", dieser zweifelnde Blick ihrer Freundin machte sie fast wahnsinnig!

„Und ich mache eine spektakuläre Übergabe! Das wird etwas ganz Besonderes!", ging sie sogar noch einen Schritt weiter.

„Ich bin schon gespannt", meinte Laura so gar nicht hilfreich. „Ich schreibe eine Karte dazu und dann stecke ich es ihm in die Jackentasche und wenn er es entdeckt, wird es eine ganz große Überraschung!", fand sie aus dem Nichts die Lösung für alles.

Sie musste nicht in die direkte Konfrontation gehen und machte etwas Außergewöhnliches. Das Angsthase-Deluxe-Paket.

„Keine so schlechte Idee", gestand Laura ihr endlich mal etwas Positives ein. Haha!

Diese kleine Bestätigung fühlte sich wie eine Absolution an. Damit würde sie garantiert ein super Happy-End bekommen!

„Nächste Stunde setze ich es um. Dann müssten sie Kunst haben und die Jacken hängen im Flur", verkündete Pia voller Tatendrang.

„Und wie willst du während dem Unterricht zu den Garderoben vor den Kunsträumen kommen? Und wie willst du überhaupt wissen, welche Jacke seine ist?", fand Laura schon wieder irgendwelche Probleme.

Doch wie durch ein Wunder hatte die Verliebte prompt einen Lösungsweg parat: „Ich frag einfach, ob ich aufs Klo darf und geh stattdessen dahin und Luke trägt heute einen stylischen schwarzen Parker mit einem Sternzeichenzirkel auf dem Rücken."

„Das klingt, als wärst du ein kleiner Stalker", erwiderte Laura schmunzelnd.

„Ich nenne es lieber detektivische Beobachtungsgabe", entgegnete Pia grinsend. Ein bisschen alberten die beiden noch rum, bis die Pause schließlich vorbei war und es an die Umsetzung ihrer genialen Idee ging.

Sie hielt es nicht lange aus, bis sie fragte aufs Klo zu dürfen. Manche Lehrer hätten da vielleicht grummelig abgelehnt, weil gerade erst Pause gewesen war, aber Frau Robert war das reichlich egal.

Heute waren wie durch Zufall wirklich die idealen Bedingungen, nein, nicht Zufall, Schicksal.

Aufgeregt schlich Pia sich durchs Gebäude. Sie fühlte sich wie ein Spion auf super bedeutsamer Mission.

Einige Lehrer hatten die Türen aufgelassen und es war ein regelrechter Nervenkitzel an den Klassenräumen vorbei zu huschen.

Alles ging gut. Ohne von einem Lehrer aufgehalten zu werden, erreichte sie die Kunstsäle. Jetzt musste sie nur noch herausfinden, in welchem er war...

Auf leisen Sohlen schlich sie durch den Flur und prüfte die unordentlich aufgehängten Jacken. Gedämpft hörte sie bis hier hin die dröhnende Stimme von Herr Thomas, er redete immer so laut. Allerdings schien er nicht Lukes Lehrer zu sein, die Jacke hing an keinem der Haken.

Schnell tippelte sie zum nächsten Raum. Ebenfalls Fehlanzeige. Alle guten Dinge waren drei. Voller Hoffnung checkte sie auch den nächsten Jackenhaufen.

Nö. Nein. Ne. Auch nicht. So langsam machte das keinen Spaß mehr. Nur erfolglos zu suchen war blöd.

Oh. Auf einmal fiel ihr Blick auf ein langes, schwarzes Kleidungsstück, das unter ganz vielen anderen versteckt hing. War er das?

Aufgeregt arbeitete sie sich bis nach unten vor. Wie einen Schatz hielt sie den Parker in Händen. Sie hatte ihn gefunden! Breit grinste sie und strich andächtig über den dicken Stoff. Diese Jacke gehörte ihm...

Aus einer der Jackentaschen schaute ein blau-schwarz gestreifter Schal hervor. Den hatte sie noch nie an ihm gesehen, aber er stand ihm sicher super. Und der Stoff war so weich und sogar noch ein kleinwenig warm...

Um ein Haar hätte sie wie der letzte Freak an dem Kleidungsstück gerochen, doch da setzte dann wieder ihr Verstand ein. Wenn sie zu lange brauchte, würden sich die anderen noch wundern, wo sie bleib und auf dumme Gerüchte hatte sie wirklich keine Lust. Es war Zeit ihre Mission abzuschließen.

Behutsam steckte sie das kleine Kästchen, das sie extra für den Mini-Traumfänger zusammengeklebt hatte, zusammen mit der improvisierten Karte in seine andere Jackentasche und sorgte dann wieder für Ordnung an der Garderobe oder vielleicht sollte man eher sagen, sie stellte die ursprüngliche Unordnung wieder her.

Beschwingt machte sie sich auf den Rückweg zur Klasse und konnte schon kaum die nächste große Pause erwarten.

Würde Luke zu ihr kommen? Würde sich sein Stirnrunzeln in ein ungläubiges Lächeln verwandeln, wenn er es entdeckte?

So gerne würde sie seinen Gesichtsausdruck dabei sehen, aber das war bei dieser indirekten Methode leider nicht so gut möglich.

Aufgeregt wanderte ihr Blick ständig zur Uhr, als würde die Zeit schneller vergehen, wenn sie es sich nur ganz doll wünschte. Den Unterrichtsstoff bekam sie dabei natürlich nicht wirklich mit.

Endlich war die gefühlt nie enden wollende Doppelstunde vorbei. In Rekordgeschwindigkeit packte Pia alles ein und zischte fast noch während Frau Roberts schnarchigem Abschied raus auf den Schulhof. Oder eher fast raus. Direkt vor der Tür stieß sie mit jemandem zusammen, der sich gerade die Schuhe am Binden war.

Wer machte das schon an dieser Stelle? Hier mussten doch alle vorbeigehen, damit hielt er nur den ganzen Verkehr auf. Trotzdem sagte sie ganz automatisch: „Entschuldigung." Und dann sah sie es.

Der Typ trug die gleiche Jacke wie Luke und dazu einen schwarz-blau gestreiften Schal. Hart traf sie die Erkenntnis. Er war es. Sie hatte ihm ihr mühevoll gebasteltes Geschenk in die Jackentasche gesteckt.

Nein. Wie hatte das nur passieren können? Warum trug er auch genau die gleiche Jacke? Und wie um alles in der Welt sollte sie den Traumfänger zurückbekommen?

„Ähm. Stimmt etwas nicht?", fragte der fremde Junge unsicher. Ja, so einiges stimmte nicht. Aber sie konnte es ihm nicht so einfach sagen, das wäre super peinlich. Allerdings musste sie schon irgendwas sagen.

„Ähm... schöner Schal", brachte sie ordentlich überfordert hervor. „Danke", ein wenig überrumpelt lächelte er. „Wollen wir vielleicht... ähm uns in die Cafeteria setzen? Ich könnte deine Jacke schon mal für dich nehmen", versuchte sie es ziemlich gezwungen.

Verwirrt runzelte er die Stirn und sah sie an wie ein Freak. Scheiße. Sie war dabei, es total zu vermasseln! Wenn er sie komisch fand und jetzt auf Abstand ging, würde sie nie das Geschenk zurückholen können!

„Ähm... ich wollte eigentlich... raus", machte er ihr einen Strich durch die Rechnung, aber das war ja im Grunde schon klar gewesen. „Raus ist auch gut. Ich komm mit", schloss sie sich ihm eine Spur verzweifelt an.

„Alles klaaar", kam es gedehnt von ihm und er warf ihr noch einen befremdlichen Blick zu, bevor er sich in Bewegung setzte.

Total dämlich folgte sie ihm. Das wurde einfach nur immer peinlicher! Und sie hatte gar keine Ahnung, wie sie an seine Jackentasche kommen sollte. Mittlerweile kam es Pia fast schon wie eine gute Idee vor, ihn einfach wie ein Taschendieb anzufallen und mit ihrem Geschenk abzuhauen.

„Du musst mich jetzt wahrscheinlich für verrückt halten, immerhin kennen wir uns ja gar nicht, aber... Ja", gab sie sich alle Mühe noch irgendetwas zu retten, aber sie wusste einfach nicht wie. Die Situation war halt seltsam!

„Es ist auch nicht verkehrt mal verrückt zu sein, denke ich", meinte er darauf überraschend mit einem kleinen, zurückhaltenden Lächeln. „Wenn ich mal verrückt bin, übertreibe ich es meistens.

Ich kann mich dann einfach nicht normal verhalten, das würde doch reichen. Einfach nur normal", platze es verzweifelt aus ihr heraus.

Sie hätte das Geschenk Luke wirklich nur ganz normal geben sollen!

„Ich kann dich verstehen. Es kann manchmal echt schwer sein, normal zu sein und wenn man es versucht, ist man nur noch verrückter", verständnisvoll nickte er und man sah richtig wie sein Blick in alten Erinnerungen versank.

„Und dabei ist es doch schon schwer genug überhaupt etwas zu tun! Weißt du, wenn man sich diese Gespräche im Kopf immer wieder ausdenkt, aber es halt nie schafft, sie am Ende wirklich auch zu führen. Und wenn man es dann versucht, geht einfach alles schief", ließ sie ihren Frust weiter raus.

„Oder dieses miese Gefühl, wenn man eine einfache Frage gestellt bekommt und plötzlich sein ganzes Leben vergisst. Zum Beispiel: Was ist deine Lieblingsfarbe? Und man denkt sich nur: Was sind überhaupt Farben?", schloss er sich ihr an.

„Boah, ja genau!", stimmte sie ihm zu und setzte dann ein wenig frech hinterher: „Was ist deine Lieblingsfarbe?" Grinsend warf er ihr einen Ernsthaft?-Blick zu und er erwiderte: „Was sind Farben?"

Total bescheuert musste sie loskichern und auch er fing an zu lachen. Nach einer kleinen Pause antwortete er dann doch richtig: „Ich glaube, da bin ich nicht so besonders. Ich würde blau sagen. Und deine?"

„Grün. Allerdings kann ich mich nicht zwischen so einem dunkel-mysteriösen Grün und einem sonnig-fröhlichen entscheiden. Grün hat einfach so eine Stimmung", gab sie ihm eigentlich viel zu offen Auskunft und fügte noch hinzu: „Klingt das jetzt seltsam?"

„Nein, gar nicht. Farben sind voll krass. Mathe finde ich zum Beispiel rot und Deutsch blau", brachte er es auf eine ganz andere Ebene. „Mathe ist auf jeden Fall rot!", war sie ganz seiner Meinung: „Aber Deutsch... Ja, so ein dunkles Blau geht auch, aber für mich ist es eher gelb. Wie diese nervigen Reclam-Hefte."

„Ja, gelb würde auch irgendwie passen", meinte er nachdenklich.

Und so ging ihr Gespräch die ganze Zeit weiter. Irgendwie passte es einfach und sie vergaß völlig, warum sie sich ursprünglich an ihn dran gehängt hatte. Ganz unauffällig hatte sich ihre Begegnung zu einem richtigen Traummoment entwickelt.

Doch dann wollte er seine kalten Finger in seinen Jackentaschen versenken und diese eigentlich so unbedeutende Bewegung ließ sie schlagartig wieder aufwachen, na ja, so halb. Sie war für den Moment so überrumpelt und panisch, dass sie einfach nur seine Hand griff und hielt.

Überrascht sah er sie an. Pia spürte, wie sie richtig rot anlief und irgendwie hatte sie gleichzeitig das Bedürfnis ihre Hand schnell wieder weg zu ziehen und ihre Finger wärmend mit seinen zu verschränken. Am Ende blieb sie einfach nur wie erstarrt stehen.

„Alles in Ordnung?", wollte er beinahe besorgt von ihr wissen. „Glaubst du an Schicksal?", stellte sie aus dem Nichts eine Gegenfrage. „Ich weiß nicht", meinte er mit einem kleinen Stirnrunzeln.

„Ähm...", unruhig schaute sie zu Boden. Sie würde den Traumfänger nicht unbemerkt aus seiner Jackentasche bekommen und... eigentlich wollte sie ihn auch gar nicht mehr Luke geben. Vielleicht war es doch die richtige Jacke gewesen, irgendwie...

Auf einmal klingelte es zum Ende der Pause. Was? Die Zeit war echt krass schnell vergangen! Jetzt hatte sie keine Zeit mehr zum Zögern.

Mit all ihrem Mut sagte sie die Wahrheit: „Ich hab dir durch Zufall etwas in die Jackentasche gesteckt. Eigentlich ist es sogar ganz passend, weil es echt einen Traummoment eingefangen hat. Du kannst es gerne behalten und... wenn du willst können wir uns ja nach der Schule am Tor treffen. Ich muss los."

Ganz so mutig war sie dann vielleicht doch nicht, denn bevor er überhaupt die Chance hatte, zu antworten, ließ sie seine Hand abrupt los und eilte so schnell sie konnte ins Schulgebäude.

Nicht ihre beste Idee, denn jetzt konnte sie sich den ganzen Schultag lang nicht mehr richtig konzentrieren.

Unsicher schielte sie immer wieder auf den Schulhof und das Tor raus, obwohl sie genau wusste, wie blöd das war.

Er würde nicht... Oh. Eine Klasse wurde schon ein paar Minuten früher aus dem Unterricht gelassen und ein Schüler blieb beim Tor stehen, an seinem Ranzen hatte er einen ganz besonderen Traumfänger hängen...

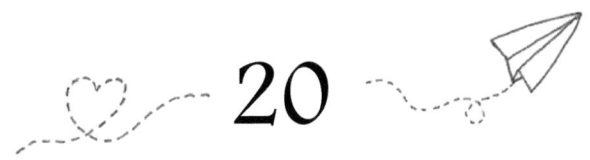

20

Wie auf dem Basar

Alles war schon organisiert. Auf dem Schulhof waren ein paar kleine Hütten aufgebaut und auch die Turnhalle war schon ausgestattet, genau wie die Aula.

Eigentlich konnte gar nichts mehr schiefgehen, aber bei all ihren verpeilten Kollegen und den Chaotenschülern, die sich mit ihren Streichen für besonders lustig hielten…

Da waren Probleme doch quasi schon vorprogrammiert. Dabei wünschte sie sich so sehr, dass das einfach nur ein schöner Tag wurde, natürlich mit möglichst vielen Spenden für Hilfsorganisationen, die sich für eine bessere Bildung stark machten.

Dieses Jahr sollte ihr Schulweihnachtsmarkt nämlich ein Spendenbasar werden, ganz im Zeichen des weihnachtlichen Geistes. Das war ihre Idee gewesen, ihr Herzensprojekt, ihre Chance etwas Gutes zu tun.

Dementsprechend nervös war Linda gerade auch. Alle Klassen bezogen schon fleißig ihre Stände, sie schmückten alles hübsch und backten teilweise noch ganz frisch, zum Beispiel Waffeln oder

Crêpe. Unterm Strich roch es also schon verdammt gut und es sah auch schon sehr einladend aus, besonders die Stände von den ganz Kleinen, die sich so viel Mühe gegeben hatten.

Oh! Die selbstgestalteten Kerzen waren ja mal goldig!

Wenn es richtig losging, würde sie von denen auf jeden Fall eine für ihren Mann kaufen. Und da war ein Stand mit Schieferplatten, auf denen weihnachtliche Sprüche standen wie „Die schönste Art des Wartens ist Vorfreude", „Zuhause ist, wo dein Herz schlägt" oder die größte Weisheit von allen: „Nächstes Jahr Weihnachten ist wieder Weihnachten."

Oder diese süßen, gebastelten Pavillons, passend zu den Kerzen. So viel Licht und vor allen Dingen Kreativität!

Sie war richtig begeistert. Lächelnd blickte sie sich um. Es war wirklich wunderschön wie alles Gestalt annahm.

„Frau Da Silva! Unsere Tüten für die Plätzchen sind verbrannt! Max hat sie zu nah an unseren Adventskranz gelegt!", kam auch schon die ersten aufgelösten Schüler mit einem Problem. „Ist irgendwer verletzt?", wollte die Organisatorin besorgt wissen.

„Nein, nur die Tüten sind verbrannt. Oh und Marlas Jacke hat einen Fleck bekommen, als sie versucht hat, damit das Feuer zu löschen", gab ihr das Mädchen schnell einen Tatsachenbericht. Also gut.

Niemand war verletzt, das war schon mal sehr gut. Nur die Ruhe bewahren, dann würde sich schon eine Lösung finden.

„Frau Da Silva! Ryan und Olli haben mich angemalt!", verlangte ein kleiner Fünftklässler von der anderen Seite nach Gerechtigkeit. Ähm.

„Frau Da Silva! Wollen Sie einen Schokospieß?", bot ihr einer ihrer super lieben Neuntklässler auch noch an, was ja echt süß war, aber gerade einfach zu viel.

„Olli! Nein! Lass mich!", schrie eine Mädchenstimme in der Nähe. Aha, das war dann wohl der malende Chaot und der zweite Frechdachs da drüben, der mit gezückten Filzstiften rumlief, war sicherlich Ryan.

Eben der beschwerte sich auch gerade: „Mir ist so langweilig!" Und deswegen nervten sie ihre Mitschüler, ein Klassiker, allerdings dadurch nicht weniger störend.

„Ähm, ihr könntet vielleicht einfach Küchenrolle zum Verpacken benutzen, dann macht ihr damit quasi Kugeln. Und vielleicht stellt ihr den Adventskranz wo anders hin, damit nicht nochmal etwas passieren kann", versuchte Linda eine Lösung zu finden.

„Aber das ist doch langweilig!", erwiderte das Mädchen gar nicht begeistert: „Unsere Tüten waren so hübsch!"

Auf einmal hatte die Lehrerin einen Geistesblitz.

„Olli! Ryan! Kommt ihr bitte mal rüber?", rief sie den beiden nicht ausgelasteten Jungs zu.

Augenblicklich schnitten die beiden ganz ertappte Gesichter und ließen die Stifte schnell verschwinden, während ihre Malopfer schadenfroh grinsten.

Dabei hatte sie nicht einmal eine Strafe geplant, aber einen kleinen Moment konnte sie die Unruhestifter ja ruhig zappeln lassen.

„Ich habe eine andere Aufgabe für euch beide", verkündete Linda und konnte sich ein stolzes Lächeln nicht verkneifen: „Ihr dürft eure Malkünste benutzen, um diese Klasse zu unterstützen ihren Tüten-Ersatz zu verzieren. Dann habt ihr auch etwas zu tun."

„Ja! Super! Individuelle Verpackung, das ist noch viel besser! Komm mit!", jetzt war das Mädchen Feuer und Flamme und zog die beiden Amateurkünstler mit sich. Problem gelöst.

Nun war es Zeit für einen Schokospieß. Warenverkostung und Qualitätsprüfung zählten doch sicher auch zu ihren Aufgabengebieten... Oh ja, die Qualität von den Schnausereien war wirklich ausgezeichnet, das konnte sie bestätigen.

Und auch wenn es eigentlich eine Kostprobe war, bezahlte Linda noch nachträglich dafür, es war ja schließlich für einen guten Zweck.

„Oh, du hast da noch etwas", hörte sie auf einmal eine vertraute Stimme, die eigentlich gar nichts hier verloren hatte und noch bevor sie es richtig realisieren konnte, hatte ihr dieser jemand schon ein bisschen Schokolade vom Mundwinkel gewischt.

„Was macht du denn hier?", wollte sie glücklich-überrascht von ihrem Mann wissen.

„Ich hab mich als freiwilligen Helfer eintragen gelassen. Ich weiß doch, wie viel dir dieser Tag bedeutet und es sieht schon verdammt gut aus. Und dieser Geruch... Glaubst du, es springen auch für mich ein paar Snacks vorm eigentlichen Start raus?", erklärte Alex ihr schmunzelnd.

„Du bist so süß! Aber du kannst nicht alles wegfressen, bevor die Eltern kommen", meinte Linda und tätschelte tröstend seine Schulter: „Aber wenn du gut mithilfst, ist vielleicht noch etwas für dich drin. Du kannst schon mal in die Aula gehen. Eine Klasse hat Vogelhäuser gebastelt, da könntest du beim Tragen helfen."

„Immer ganz genau den Überblick, das liebe ich an dir", warm lächelte er sie an. „Zwei sorglose Chaoten sind nunmal einer zu viel", kommentierte sie unbeschwert und scheuchte ihn spaßhaft: „Und jetzt mach dich nützlich."

„Na gut, aber später lade ich dich auf eine Waffel und einen Kakao ein", zum Abschied gab er ihr noch einen kleinen Kuss auf die Wange.

„Ein fadenscheiniger Vorwand, um selbst essen zu können, aber ich bin dabei", willigte sie bestens gelaunt ein.

„Apropos Faden, hier gibt es sogar Stoffbänder aus alten Klamotten, die als individuelle Schleifen für Geschenke aufbereitet worden sind! Was für eine geniale Idee ist das denn?", ließ sich Alex mit seiner Begeisterung schnell ablenken.

„Hier ist viel Geniales. Alles die Ideen der Schüler und Lehrer. Es haben sich alle wirklich Mühe gegeben", zufrieden grinsend sah sie sich um und blickte dann ihren Mann wieder direkt an: „Aber für dich am Genialsten sind jetzt die Vogelhäuser in der Aula."

„Passiv-aggressiven Zeigefinger hast du echt drauf! Super Lehrereigenschaft!", lobte er sie ausgelassen mit einem Daumen hoch und machte sich wirklich auf den Weg. Nur wann er wirklich ankam, war die andere Frage...

Doch es war so zuckersüß, dass er überhaupt gekommen war! Typisch Alex! Immer wieder diese absolut liebevollen Gesten. Kurzentschlossen reservierte sie schon mal zwei frische Waffeln für später und zwei Kakao dazu, einen mit Sahne und Mini-Marshmallows. Jap, Vorbereitung hatte sie drauf.

Allerdings kam kurz darauf wieder das Chaos mit einem Kabel, das nicht richtig funktionierte und für das fieberhaft nach Ersatz gesucht wurde. Am Ende lösten sie es mit dem von einem Overhead, was sich echt wie der Einfall des Jahrhunderts anfühlte.

Ansonsten waren es nur Kleinigkeiten, größtenteils Botengänge hier und da. Alles war am Laufen. Einmal schaute sie auch in der Aula vorbei, wo der Vogelhäuschen-Stand schon fertig aufgebaut erstrahlte. Das Strahlen war wörtlich, sie hatten nämlich eine Lichterkette um die Stangen gewickelt, an denen die Vogelhäuschen hingen.

Vogelhäuschenstangen... Schon witzig und echt süß.

Eins davon würde sich auch gut in ihrem Garten machen. Aber bevor der Einkaufsbummel losgehen konnte, musste sie erst einmal ihren Mann wiederfinden und... oh! Es war ja auch schon fast Zeit zu starten. Bald würden all die Eltern kommen!

Schnell flitzte sie zurück in die Turnhalle und löste ihre Vorbestellung ein. Das würde bestimmt eine schöne Überraschung wie...

„Überraschung!", rief er mit einem Lachen in der Stimme. Als sie sich umdrehte, stand Alex einfach da, ebenfalls mit zwei Tassen Kakao und zwei Waffeln.

„Zwei Dumme, ein Gedanke", lachend schüttelte sie den Kopf. Fröhlich stellten sie sich zusammen an einen der Stehtische und er fing an zu erzählen: „Du glaubst gar nicht, was da bei mir los war! Bei einem Kanister mit alkoholfreien Weihnachtspunsch ist einfach der Hahn abgebrochen und ich war der Held der Stunde, als ich das Loch schnell mit einer Tüte und Klebeband abgedeckt habe, bevor es eine richtig große Sauerei geben konnte. Und ich hab zwei Schüler beim Knutschen erwischt. Die sind roter angelaufen als Zuckerstangenkringel! Oh und ich hab etwas für dich entdeckt."

Stolz zog er eine der selbstgebastelten Kerzen hervor, die auch sie hatte kaufen wollen. Gelöst sprudelte das Lachen aus ihr heraus.

„Was ist?", fragte er ein wenig irritiert. „Die wollte ich auch kaufen! Das ist doch echt ein irrer Zufall", erklärte sie ausgelassen.

„Wir denken einfach gleich. Ein Herz und ein Hirn", erwiderte er grinsend. „Und zwei Tassen Kakao", ergänzte sie schmunzelnd und sie beide stießen klirrend an.

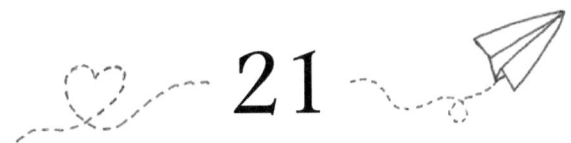

21

Träume und Gedanken

Nie war die Bibliothek so gut besucht wie im Winter. Es war halt der einzige warme Raum in den man ohne Anschiss zu bekommen in den Pausen und sogar schon in der Wartezeit vor Schulanfang durfte. Außer die in der Oberstufe, die mussten sich natürlich keine Gedanken machen, weil sie ganz bequem in ihren Aufenthaltsräumen abhängen konnten, aber als Zehntklässler musste man schon ein bisschen erfinderisch werden.

Wie jeden Morgen war Nadines Bus wirklich gottlos zu früh und sie zog sich gleich in die Bibliothek zurück. Ganz hinten in der Leseecke gab es einen Sitzsack mit angenehm gedämpfter Ambientebeleuchtung, ihr Stammplatz.

Gemütlich ließ sie sich dort einfach fallen. Ja, so ließ sich die Wartezeit gut aushalten. Zufrieden räkelte sie sich ein wenig. Warm, weich, ruhig... Müde gähnte Nadine und ihre Augen fielen wie von alleine zu.

Sie träumte davon auf einem Schneeberg zu liegen nur ohne die Kälte. Papierflieger kreisten durch die Luft. Gedankenverloren griff sie nach einem, doch ihre Hand landete nur im Leeren.

Hey! Jetzt wollte Nadine das Blatt erst recht haben!

Entschlossen streckte sie sich erneut danach aus und es zischte wieder zur Seite. Was war nur mit diesem dummen Papierflieger los?! Aufgebracht versuchte sie es wieder und wieder. Sie lief ihm hinterher und sprang nach oben.

Nadine strengte sich wirklich richtig an, doch es funktionierte nicht! Das machte sie echt wahnsinnig! Und dann... Haha! Auf einmal bekam sie den widerspenstigen Papierflieger zu fassen. Ja! Triumphierend faltete sie das Ding gleich auf und erkannte es.

Oh nein! Eine Mathe-HÜ! Und auch wenn sie es nicht direkt las, wusste sie, dass es eine glatte sechs war. Verdammt! Wütend knüllte sie das Ding zusammen und stapfte weiter. Nur zwei Schritte weiter lief sie voll in jemanden rein.

Oh. Erschrocken blickte sie auf. Es war Daniel. Durch den Zusammenstoß war ihm seine Tasche auf den Boden gefallen und jede Menge Stifte kullerten über den Boden. „Entschuldigung! Ich hab dich gar nicht gesehen! Tut mir leid!", schnell bückte sich Nadine, um ihm zu helfen.

Es war echt peinlich jemanden so umzurennen besonders Daniel, der ruhige, liebe Daniel. Ihre Finger berührten sich, als er auch versuchte diese Stifteflut zurück in seine Tasche zu zwingen. Ganz fahrig sah sie auf und ihre Blicke trafen sich. Seine Augen... Sie verlor sich vollkommen in ihnen. Dabei konnte sie nicht einmal genau sagen, welche Farbe sie hatten. Es war etwas Anderes, etwas Tieferes, etwas... Warmes. Ja, es war warm.

Wie von selbst verschränkten sich ihre Finger. Irgendwie wattig diffus spürte sie die Berührung. Das hatte etwas Schönes...

Plötzlich zerriss ein Schuss den Moment. Nein! Daniels Oberteil tränkte sich mit seinem Blut. Sein Blut war auf ihren Händen. Leute mit Masken und schwarzen Anzügen stürmten das Gebäude. Entschlossen griff sie sich mit jeder Hand einen Bleistift vom Boden. Sie würde nicht kampflos aufgeben! Sie...

Gerade als der erste Killer auf sie zugestürmt kam und wirklich ein epischer Kampf in der Luft lag, wachte sie einfach auf. Nadine konnte nicht einmal sagen warum. Auf einmal verblasste der eben noch so realistische Traum und sie wurde sich bewusst, wie bescheuert er eigentlich gewesen war. Papierflieger, Daniel und ein Killerkommando in der Schule. Interessante Kombination von ihrem Unterbewusstsein.

Unterricht konnte schon durchaus was von einem Kampf haben. Oh Scheiße! Sie war ja schon in der Schule! Sofort riss sie die Augen auf. Wie spät war es?! Hatte sie die erste Stunde schon verschlafen?!

Hektisch griff sie nach ihrem Handy. „Du hast noch drei Minuten", informierte sie eine ruhige Stimme aus dem Nichts: „Ich hoffe, ich habe dich nicht geweckt, aber nach dem Buch, das mir runtergefallen ist und bei dem du wie ein Stein weiter geschlummert hast, sollte dich doch eigentlich nichts so schnell aufwecken."

Erschrocken fuhr sie total zusammen und sackte dabei ganz komisch im Sitzsack ein, beim Aufstehen würde sie da sicher peinlich krabbeln müssen. „Daniel! Was machst du denn hier?!", wollte sie fast schon eine Spur vorwurfsvoll von ihm wissen.

„Das ist eine Bibliothek, ich lese", antwortete er und hielt kurz demonstrativ das Buch in seinen Händen hoch. „Klar. Ich hab auch gelesen", meinte sie lässig und versuchte sich irgendwie etwas aufrechter hinzusetzen, möglichst ohne dämlich zu zappeln.

„Was hast du denn gelesen?", erkundigte er sich schmunzelnd. „Gedanken", sagte sie mit voller Überzeugung. Dass ihr Gehirn direkt nach dem Aufwachen schon zu solchen Späßen fähig war, war doch echt schon eine Leistung.

„Du kannst also Gedanken lesen?", wiederholte er mit hochgezogenen Augenbrauen und forderte sie scherzhaft heraus: „Was denke ich gerade?" Theatralisch legte sie sich die Hand an die Stirn und summte, als könnte sie sich damit auf die fremden Gedanken einstimmen.

Spontan enthüllte sie: „Du hältst mich für verrückt und hättest lieber deine Ruhe beim Lesen." „Ich halte dich höchstens für einen kleinen Betrüger, denn das waren nicht meine Gedanken", erwiderte er mit einem kleinen Lächeln.

„Nicht? Hm. Dann muss ich wohl die Gedanken eines anderen Lesers erwischt haben", blieb sie mit einem lässigen Schulterzucken in ihrer Rolle. „Genau", mit einem kleinen Lachen schüttelte er den Kopf.

„Und? Was denkst du wirklich?", fragte sie ihn mit einem irgendwie aufregenden Kribbeln. „Ich bin eigentlich ganz froh, dass du wach bist", gestand er offen: „Du bist... lustig." „Oh. Danke", nahm sie das Kompliment ein kleinwenig verlegen an.

Plötzlich schrillte die Pausenklingel wieder los und Nadine bekam nochmal fast einen Herzinfarkt. Verdammt. Über dieses kleine Gespräch hatte sie fast wieder vergessen, dass ja noch ein langer Schultag vor ihr stand. Süße Illusion...

Missmutig richtete sie sich richtig auf, was wie erwartet alles andere als elegant ablief. Und dabei fiel es ihr dann auf. Eigentlich hätte sie es ja schon viel früher bemerken müssen. Auf ihr lag einfach eine Jacke. Fragend hielt sie das Kleidungsstück hoch.

„Ähm ja, ich hab dich zugedeckt", gab er etwas nervös zu und den Moment zu spät fiel ihm noch eine gute Erwiderung ein, die er kurzerhand trotzdem brachte: „Oder kann ich noch sagen, dass ich dachte du wärst ein Kleiderständer?"

„Nö. Chance vertan. Du hast mich süß zugedeckt Punkt aus", lehnte Nadine unbeschwert ab und gleichzeitig war da diese extreme Hitze in ihrem Inneren. Er hatte gesehen wie sie geschlafen hatte und sie zugedeckt... Das war doch ein absolut knuffiger erster Impuls! Wer machte sowas schon noch?

„Süß zu sein, ist auch nicht schlecht", meinte er und wurde dabei sogar ein kleinwenig rot, noch ein Beweis dafür, dass er süß war. „Lustig zu sein auch nicht", schloss sie sich ihm an. „Genau", bestätigte er mit seinem lieben Lächeln: „Wir sind ein gutes Team."

„Meinst du lustig und süß oder schlafen und lesen?", erwiderte sie ausgelassen. „Ich dachte, du hättest Gedanken gelesen", erinnerte er sie schmunzelnd.

„Stimmt. Das mache ich halt im Schlaf. Und dieses Mal waren es wohl die Gedanken eines Psychos", weitete sie ihre spaßhafte Ausrede ein wenig aus.

„Was hast du denn geträumt?", wollte er ehrlich interessiert von ihr wissen. „Ein Haufen Müll mit einer Papierflieger-HÜ und Attentätern und...", kurz stockte sie und sah ihn etwas unsicher an. Sollte sie ihm wirklich sagen, dass sie auch von ihm geträumt hatte?

Was war das auch für ein irrer Zufall, dass es ausgerechnet er gewesen war. Bis jetzt hatten sie nicht einmal groß etwas miteinander zu tun gehabt, abgesehen von hier und da einer lockeren Unterhaltung.

Aber in ihr hallte immer noch dieses unglaublich warme Gefühl aus ihrem Traum nach, mit seinem tiefen Blick und wie sie ihre Hände verschränkten hatten...

„Und was?", bohrte er neugierig nach. „Ähm nichts. Ich erinnere mich nicht mehr", log sie irgendwie ganz aufgewühlt und dummerweise hörte man das auch in ihrer Stimme, so eine unglaubwürdige Lüge. Normalerweise konnte sie das besser.

Auffordernd sah er sie an. Natürlich glaubte er ihr nicht. „Es war...", setzte sie zum zweiten Versuch einer Lüge an, doch ihr fiel einfach nichts ein. Verdammt!

„Wenn du es nicht sagen willst, ist das nicht schlimm", drängte er sie nicht. Daniel war einfach lieb, wie ein richtiger Teddy-Bär.

„Du kamst in meinem Traum vor", verriet sie ihm ohne nachzudenken und ergänzte noch schnell: „Wurdest abgeknallt."

„Oh. Ich fühle mich geehrt, dass ich eine Gastrolle hatte", meinte er grinsend. „Bestimmt habe ich unterbewusst gespürt, dass du da bist. Wie ein sechster Sinn", rechtfertigte sie ihren verrückten Traum sofort und fuchtelte stilvoll ein wenig mit den Armen, wie es Hellseher und Gedankenleser sicher auch taten.

„Natürlich. Deinen prophetischen Kräften ist nichts gewachsen", witzelte er ausgelassen mit: „Und was siehst du sonst noch in der Zukunft? Natürlich außer die HÜ, die wir schreiben und die dann netterweise von Attentätern unterbrochen wird."

„Das du mich immer nach Beweisen und Demonstrationen fragst!", beschwerte sie sich spaßhaft: „Meine Dienste haben auch ihren Preis. Ich bin ja nicht die Wohlfahrt." „Was ist denn der Preis?", wollte er grinsend von ihr wissen und dieser Gesichtsausdruck... das war doch mehr als nur Spaß! Oder wollte sie nur, dass es mehr als Spaß war?

Ach Scheiß drauf! Sie würde es riskieren. Betont lässig verkündete sie: „Ein Kakao. Du musst mich auf einen Kakao einladen." „Gerne", nahm er gleich an und hatte dabei dieses absolut liebenswürdige Lächeln, in Kombination mit einem süßen Hauch Röte.

„Echt?", rutschte ihr überrascht raus. „Hast du das etwa nicht kommen gesehen?", neckte er sie voller Wärme. Sofort breitete sich auch auf ihrem Gesicht wieder ein breites Grinsen aus.

„Immer doch", erwiderte sie und es fühlte sich an, als wäre das schon ihr nächster Traum...

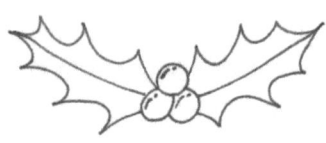

22

Ein Händchen für die Liebe

Sylvis lange Fingernägel klackerten gelangweilt auf die Tischplatte. Für Weihnachten hatte sie ihre Nägel abwechselnd rot und grün lackiert und auf jedem eine ganz individuelle Verzierung angebracht.

Glitzernde Schneeflocken, Sternchen, Weihnachtsbäume und Schneemänner. Sie sahen aus wie richtige, kleine Kunstwerke.

„Buh!", frech stieß Basti seinen Kumpel Andreas in die Seite. Erschrocken fuhr der total zusammen und wäre sogar beinahe vom Stuhl gefallen. „Ey! Was soll das?", verständnislos sah er seinen besten Freund an.

„Du warst so auf Sylvi fixiert, fast wie ein sabbernder Psycho!", machte Basti sich über ihn lustig.

„Quatsch! Nein! Ich hab sie gar nicht angestarrt!", stritt Andreas vielleicht ein wenig zu entschlossen ab. „Aha", meinte sein Freund mit einem sehr vielsagenden Blick.

„Es lag nur... an ihren Nägeln", improvisierte er schnell.

„Ihre Nägel", wiederholte Basti mit hochgezogenen Augenbrauen. Ja, das klang affig, aber irgendetwas musste er doch sagen!

Sylvi war einfach, ja… sie war speziell, aber irgendwie fing sein Herz immer an zu rasen, wenn er sie sah und erst dieses völlig befreite, quiekende Lachen, das manchmal aus ihr hervorbrach. Sie schien sich kein bisschen aus der Meinung der anderen zu machen und war einfach nur sie selbst, so beeindruckend! Ihr Stil war wirklich einmalig und sie schaffte es ständig, ihn in ihren Bann zu ziehen, ganz selbstverständlich.

„Erde an Andreas!", auffordernd und ziemlich albern wedelte Basti mit der Hand vor seinem Gesicht rum. Irritiert blinzelte Andreas. Jetzt hatte er sich wieder in den Gedanken über sie verloren. Wie peinlich!

„Ich hab heute schlecht geschlafen", suchte er sich schnell eine Ausrede. „Ja, genau", sein bester Freund klang ja mal sehr überzeugt. „Es ist nichts", versuchte der Gedankenverlorene es erneut, auch wenn er sich davon keinen Erfolg versprach.

Auf einmal hellte sich Bastis Gesicht auf und Andreas schwante Übles.

„Wenn du Sylvis Nägel so toll findest, solltest du dir auch welche machen lassen. Ich frag mal nach", bevor er den Verrückten aufhalten konnte, war Basti schon zu dem besonderen Mädchen gegangen.

Mit großen Augen starrte Andreas nur zu ihnen rüber, unfähig sich zu bewegen. Das konnte gerade doch nicht wirklich passieren...

„Hey, Sylvi. Andreas steht voll auf... deine Nägel", fing Basti super lässig an und diese Pause... Oh man! Andreas könnte echt vor Schande versinken. Sicher war er schon roter angelaufen als ihre knalligen Nägel.

„Oh. Ähm, danke", überrascht lächelte die Nagelkünstlerin zuerst Basti an und dann auch Andreas. Ach du Scheiße! Es fühlte sich an, als würde er gleich kollabieren oder irgendetwas anderes Drastisches.

Moment mal! Das wäre doch eigentlich auch eine gute Lösung für diese Situation. Jetzt ergab es auch Sinn, warum die feinen Ladys früher immer in Ohnmacht gefallen waren...Nur ging er wohl kaum als Lady durch. Na ja, mit Nagellack vielleicht schon...

„Könntest du ihm vielleicht auch die Nägel machen? Hast du Nagellack dabei?", ging dieser Idiot noch einen Schritt weiter. Was?! Nein! Er konnte sich doch nicht die Nägel machen lassen! Er war doch kein Mädchen!

„Gerne! Ich hab aber gerade nur dunkelgrün und Silberglitzer dabei", mit diesen Worten zog Sylvi gleich zwei kleine Fläschchen aus ihrem Rucksack.

Sie hatte ernsthaft Nagellack eingepackt?! Wie sollte er da wieder rauskommen?

„Hier. Nimm in meinem Nagelstudio Platz", auffordernd klopfte sie auf den Stuhl neben sich. Wie sollte er da nur wieder rauskommen?

Wie in Trance stand er auf und ging zu den beiden rüber. Geradezu andächtig ließ er sich auf den Stuhl sinken.

„Hast du irgendwelche Wünsche?", erkundigte die einzigartige Künstlerin sich mit einem strahlenden Grinsen.

„Ähm, nein. Überrasch mich", meinte Andreas ziemlich überfordert.

„Dann gib mir mal diene Hand", fing sie auch gleich an. Wieder veranstaltete sein Herz ganz komische Sachen und zu allem Überfluss wurde seine Hand auch noch schwitzig.

Das war doch total unangenehm! Er wollte einfach nur einen guten Eindruck machen!

Schnell wischte er sich die Hand an der Hose ab und streckte sie Sylvi entgegen. Verdammt! Jetzt zitterten seine Finger sogar leicht, genau als wenn er ein Referat halten musste.

Dumme Nervosität!

„Alles in Ordnung?", fragte das außergewöhnliche Mädchen ihn mitfühlend und umschloss seine Hand beruhigend mit ihren. Na ja, so halb beruhigend, die andere Hälfte war immer noch rauschendes Herzchaos.

„Ähm ja, es ist nur etwas kalt", brachte er wieder eine seiner halbgaren Ausreden.

Letztes Jahr war es noch viel einfacher gewesen, als er in ihr nur das etwas seltsame Mädchen gesehen hatte. Er verstand immer noch nicht so ganz, wie sich das hatte ändern können.

„Versuch dich einfach zu entspannen und dich nicht so zu bewegen", riet Sylvi ihm vorfreudig. „In Ordnung", bestätigte er und seine Gedanken waren völlig wirr.

Ein Wunder, dass er es noch geschafft hatte, eine passende Antwort zu liefern.

Ganz in ihrem Element schraubte die Künstlerin das Fläschchen auf und der typische, stechende Nagellackgeruch erfüllte die Luft. Ihhh. Eigentlich wollte er das Zeug nicht auf seinen Nägeln haben. Doch dann hielt sie seine Hand so sanft und wie sie behutsam pinselte...

Die Flüssigkeit war sehr kühl und ein besonderer Schauer lief durch seinen Körper. Irgendwie war das einfach ein krasser Moment. Es war eine verrückte Nähe. Wann ließ man sich schon die Nägel lackieren? Also als Kerl.

Sauber färbte sie ihm einen Nagel nach dem anderen in Tannenbaumgrün. Das hatte sogar irgendwie etwas Düsteres und Elegantes an sich...

Er würde den Nagellack auf jeden Fall so schnell nicht nochmal abmachen, schon allein weil er von ihr war und er war auch wirklich nicht so schlimm und peinlich wie gedacht.

Als seine erste Hand fertig war und sie das Gleiche an der zweiten wiederholte, wurde er langsam immer ruhiger. Es hatte fast schon etwas Hypnotisierendes an sich dabei zuzusehen, wie sie den kleinen Pinsel führte...

„Wir können uns gerne mal auf einen Kaffee oder Glühwein treffen", bot das selbstbewusste Mädchen ihm aus dem Nichts an. Sie wollte ein Date mit ihm? Schlagartig war es mit der Ruhe vorbei und stattdessen herrschte wieder diese sprudelnde Aufregung.

„Den passenden Partner-Nagellack habt ihr ja auch schon", mischte sich sein bester Freund mit einem Zwinkern ein.

Er hatte wirklich ein unerwartetes Händchen zum Verkuppeln...

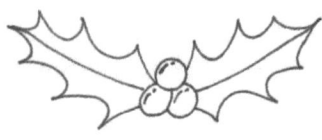

23

Besondere Brieffreunde

Jeden zweiten Tag zogen die Reinigungskräfte durchs Schulgebäude, ungesehen von allen und auch ungewürdigt. Herr Fiedler hatte einmal bemerkt, wie seine Schüler extra Müll liegen gelassen hatten, um zu gucken, ob er sauber gemacht wurde.

Er fand es schrecklich, dass sich alle immer darüber lustig machten, was für einen schlechten Job die Putzfrauen doch machten. Eine solche Arbeit war auch nicht zu unterschätzen.

Seine Schwester hatte auch jahrelang geputzt und dabei zwei Bandscheibenvorfälle gehabt, nur damit andere ein sauberes und angenehmes Umfeld hatten.

Also hatte er kurzerhand angefangen, ebenfalls etwas liegen zu lassen und zwar einen Teller mit Plätzchen und ein Päckchen Kakao auf dem Lehrerpult, ähnlich wie das kleine Geschenk, das in anderen Ländern oft dem Nikolaus hingelegt wurde.

Nur dass es sich hierbei nicht um rot gekleidete Märchengestalten handelte, sondern für selbstverständlich genommene Helfer.

Fast wie Weihnachtswichtel. Das war doch ein schöner Gedanke.

Beim ersten Putztag war sein kleines Geschenk nicht angerührt worden, obwohl er klar auf einen Zettel dabei geschrieben hatte: „Für die fleißigen Reinigungskräfte, Danke."

Als er es ein zweites Mal versuchte, gab es noch eine zweite Notiz dabei: „Es ist Weihnachtszeit, bedienen Sie sich ruhig."

Und ab da war der Teller zuerst halb leer gegessen und schließlich ganz. Jedes Mal wenn er morgens zurück in die Klasse kam und nur noch ein paar Krümel übrig waren, hatte er das wunderschöne Gefühl jemandem eine Freude gemacht zu haben. Darauf kam es in der Weihnachtszeit doch an: Aneinander denken und Freude verteilen.

Und dann lag irgendwann auf einmal auch etwas für ihn da. Es war ein Stück Christstollen auf einer Serviette mit Tannenbaum-Motiv. Wirklich süß. Über diese kleine Geste freute er sich unglaublich, das versüßte ihm den ganzen Tag, obwohl er Rosinen nicht einmal mochte.

Von da an hieß es jeden zweiten Tag Christstollen und nette Nachrichten. Zwischen ihnen entwickelte sich fast eine richtige Freundschaft.

Sie schrieben einander Zeilen aus den guten alten Weihnachtsliedern oder schöne Weisheiten. Er bekam sogar das Rezept für den Christstollen.

Sie scherzten gemeinsam und irgendwie war da eine Verbindung, auch wenn es immer nur Kleinigkeiten waren.

Ob sie bei seinen Zeilen lächeln musste? Wie sah sie überhaupt aus?

Mit der Zeit wurde es immer mehr, es war längst nicht mehr nur eine liebe Geste und... er wollte auch, dass es mehr war als Briefe jeden zweiten Tag und dabei etwas zu essen, er wollte sie kennenlernen, richtig von Angesicht zu Angesicht. Und die Weihnachtsferien standen vor der Tür, das war ihre letzte Chance...

Also nahm er seinen Mut zusammen und schrieb: „Ich wünsche Ihnen wieder einen wunderschönen Tag. Diesen Austausch finde ich wirklich immer sehr schön. Hätten Sie Interesse dieses Mal die Vanille-Milch mit mir zu teilen? Wir könnten uns morgen eine Stunde nach Unterrichtsende in diesem Raum treffen."

Bei der Vorstellung musste er lächeln. „Was schreiben Sie da Herr Fiedler?", fragte ein besonders vorwitziger Schüler und schaute ihm auch gleich über die Schulter. Zu spät reagierte er und zog sein feines Briefpapier weg.

„Wollen Sie etwa auf ein Date?", bohrte sein Schüler schelmisch nach und weckte damit auch die Aufmerksamkeit der anderen. Normalerweise hatte man dieses geballte Interesse nur, wenn man sagte, dass etwas fürs Abi wichtig war.

„Hat es etwas mit der Putze zu tun?", erkundigte sich der Nächste neugierig.

„In letzter Zeit war unser Klassenraum ja auch immer extra sauber", bekräftigte ein Mädchen seine Vermutung. Die waren gerade ja wirklich wie Geier!

„Habt ihr nicht noch Hausaufgaben, um die ihr euch kümmern müsst?", versuchte er den strengen Lehrer zu spielen, doch das war noch nie wirklich seine Stärke gewesen.

„Ihnen stilistische Tipps zu geben, wäre doch auch mit Deutsch beschäftigt. Ähm ja, das war nicht ganz grammatikalisch korrekt, aber Sie wissen, was ich meine. Das wäre wie eine praktische Hausaufgabe. Außerdem haben wir gar nichts mehr auf. Es ist doch fast schon Weihnachten", kommentierte eine seiner Schülerinnen spitzfindig.

Bevor er auch nur die Chance hatte den Enthusiasmus der Meute zu zügeln, kam gleich der erste konstruktive Vorschlag: „Wie wäre es mit einem Zitat am Anfang? Zum Beispiel: Die größten Ereignisse, das sind nicht unsere lautesten sondern unsere stillsten Stunden. Das ist von Nietzsche. Klingt doch schön und es hätte echt Gewicht."

Allein die Tatsache, dass seine Schüler ihn bei einem Date beraten wollten... Ein merkwürdiges Gefühl. Auch dass er überhaupt auf ein Date wollte... Er hätte nie damit gerechnet dieses Herzens-Durcheinander noch in seinem Alter zu haben, aber man konnte ja nie wissen, wann sich so etwas entwickelte.

Tja, jetzt stand er da, mit seiner Klasse und als er sie beruhigt hatte, versuchte er sich in aller Ruhe an einem schönen Brief, vielleicht ja dem letzten wirklichen Brief. Denn auch wenn sie alle miteinander unverbesserliche Vorwitznasen waren, die bei dieser Sache sehr... interessant herumalberten, hatten sie doch recht: Dieser Brief sollte etwas Besonderes sein, er wollte es richtig machen. Schließlich, nach einigen frustrierenden Versuchen, hatte er es geändert: „Liebe Schreiberin, wir haben uns nun schon so viel geschrieben, dass ich das Gefühl habe, Sie zu kennen, doch man kann sich nicht richtig kennen, ohne sich getroffen zu haben und das würde ich gerne nachholen. Bitte kommen Sie morgen nach Schulende in diesen Raum. Ich werde nochmal Plätzchen mitbringen, von daher ist für das leibliche Wohl gesorgt. Und um noch mit etwas Schönem zu enden, was zu unseren bisherigen Briefwechseln passt: Die größten Ereignisse sind nicht unsere lautesten sondern unsere stillsten Stunden. Ich würde mich sehr freuen. Ihr Reinhold."

Das war doch ein guter Weg der Mitte aus schmalzigen Worten und höflicher Sachlichkeit. Es war so ein schmaler Grad. Richtig aufgeregt legte er diesen schicksalhaften Brief neben den Teller und die Tüte Vanillemilch durfte nicht fehlen, sie mochte die mehr als Kakao.

Bei Vanille musste sie immer an ihre Kindheit denken, denn jedes Weihnachten hatte es Vanillepudding gegeben.

War das nicht eine schöne Erinnerung?

Für ihn gehörte zu Weihnachten nicht so deutlich ein einzelner Geschmack sondern schlicht das Plätzchenbacken. Er machte jedes Jahr welche für die ganze Familie und auch die Kinder und Enkelkinder seiner Geschwister freuten sich immer sehr darüber.

Freude zu verschenken war einfach ein wundervolles Gefühl und mit ihr hatte er das auch gehabt und sogar noch mehr... Und jetzt war es irgendwie kompliziert geworden und ungewiss.

Den Rest des Tages hatte er keine Ruhe und konnte es kaum erwarten, morgen in die Schule zu kommen.

Endlich war es so weit. Vor Aufregung fuhr er extra überpünktlich los und machte nicht einmal einen Stopp im Lehrerzimmer. Sein Herz schlug ihm bis zum Hals, fast als hätte er einen Herzfehler.

Auf dem Lehrerpult erwarteten ihn wieder ein Stück Christstollen und ein Antwortbrief. Sofort griff er nach dem Papier.

„Lieber Reinhold, mir ist jetzt erst bewusst geworden, dass ich mich noch gar nicht vorgestellt habe. Mein Name ist Gisela und ich würde mich sehr über ein persönliches Treffen freuen. Ihre Geschenke haben mir wirklich die Weihnachtszeit versüßt und natürlich werde ich auch etwas als Verpflegung mitbringen. Um mit einem Zitat zu trumpfen: Das wird unsere stille Kammer, in der wir des Tages Jammer vergessen und wegessen soll'n. Ich freue mich auch schon sehr. Ihre Gisela", hatte sie ihm zurückgeschrieben und er war so erleichtert und glücklich, dass er kurz auflachen musste.

„Der Mond ist aufgegangen" hatte sogar auch eine der Vorwitznasen zitiert. Ein verrückter Zufall! Und heute nach der Schule würden sie sich beide wirklich treffen! Gisela... Verträumt biss er in den Christstollen.

So langsam mochte er sogar Rosinen. Auch verrückt. Der Geschmack erinnerte ihn einfach an diese Zeit, an all die Briefe, an das Gefühl jemanden gefunden zu haben... Es fühlte sich an, als würde er vor Glück schweben!

Die Zeit bis zum Unterrichtsklingeln verging vollkommen ungreifbar. Auf der einen Seite zogen seine Gedanken dahin wie leuchtende Sternschnuppen, auf der anderen Seite war er richtig ungeduldig, dass die Schule endlich vorbei war, sodass sie sich treffen konnten.

Wie sie wohl aussah? Wie ihre Stimme wohl klang? Würde sie im echten Leben genauso sein, wie auf dem Papier?

Die erste Begegnung bei einer Brieffreundschaft war immer ein kritischer Moment, nicht dass er so etwas schon oft gemacht hätte, aber es fühlte sich sehr danach an.

Etwas geistesabwesend brachte er die ersten Stunden hinter sich (was noch ganz gut ging, weil er sowieso nur noch Filme guckte) und dann hatte er die Klasse, die sich neugierig als seine Berater engagiert hatte und natürlich wollte sie auch alle wissen, wie es am Ende ausgegangen war.

„Wir werden uns treffen", enthüllte er ihnen und bekam dabei das vorfreudige Lächeln nicht aus dem Gesicht: „Aber dafür brauche ich keine Hilfe."

„Die Karte ist also gut angekommen!", schlussfolgerte die Vorwitznase Nummer 1 richtig zufrieden.

„Danke für eure Hilfe, aber jetzt sollten wir die Aufmerksamkeit wieder auf den Unterricht wenden", brach er die Plauderrunde ab, bevor es noch seltsamer wurde.

„Herr Fiedler! Sie wollen jetzt doch nicht ernsthaft Unterricht machen! Sie haben ihr Date und es ist der letzte Schultag!", protestierte ein anderer seiner Schüler.

„Ihr dürft euch einen Film aussuchen", präsentierte er ihnen sein tolles Unterrichtsmaterial von Kulturperlen, von E.T. bis Weihnachtsklassiker wie

„Drei Haselnüsse für Aschenbrödel" war alles dabei. Damit hatte er die Aufmerksamkeit der Klasse auch erfolgreich abgelenkt, denn jetzt wurde heftig debattiert, welchen Film der Beste war.

Am Ende siegte mit einer knappen Mehrheit „Drei Haselnüsse für Aschenbrödel" und während alle mehr oder weniger dem weihnachtlichen Märchen folgten, zogen seine Gedanken wieder zu Gisela und ihrem Treffen, das immer näher rückte.

Die verträumte Musik im Hintergrund passte auch perfekt zu seinem Kopf-Kino. Irgendwie war es verrückt. Er wollte am liebsten, dass es sofort losging und doch hatte das Warten eine gewisse Sicherheit...

Schließlich klingelte es zum Unterrichtsende und damit war auch der ganze Schultag vorbei. Es war so weit... Eilig verließen seine Schüler den Klassenraum, fast so als wäre ein Großbrand ausgebrochen, halt typische Stimmung für den Ferienbeginn, bloß weg.

Viele wünschten ihm auch sehr lieb schöne Weihnachten oder viel Glück mit dem Date. Nachdem alle weg waren, platzierte er auf dem Lehrerpult wieder den Plätzchenteller und dieses Mal zwei Packungen Vanillemilch. Außerdem schob er einen zweiten Stuhl dazu, gegenüber wie im Restaurant.

Oh und der Medienwagen musste noch weg... Gerade als er anfangen wollte das Ding zu schieben, fiel ihm ein, dass es vielleicht doch ganz praktisch sein könnte. Sie könnten sich gemeinsam einen Film ansehen, das würde auch die Zeit gut überbrücken falls sie am Anfang mit dem Gespräch erst warm werden mussten.

Persönlich war eben doch anders, als über Briefe.

Schnell waren alle Vorbereitungen getroffen und er wusste nichts mehr mit sich anzufangen. Sollte er sich hinsetzen oder stehen bleiben, sich vielleicht irgendwo anlehnen? Was würde denn natürlich aussehen?

Ruhelos tigerte er durch den Klassenraum. Die Schule war ganz sein Gebiet, doch irgendwie fühlte er sich gerade bei weitem nicht so selbstbewusst wie sonst. Er war so aufregend! Plötzlich klopfte es an die Tür. Sein Herz setzte einen Schlag aus.

Fahrig machte er einen Schritt zur Tür. Schon wurde die Türklinke runtergedrückt. Einen Hauch unsicher schaute eine Frau rein. Sie hatte graue lockige Haare und einen violetten, gestrickten Schal. Als sie ihn sah, breitete sich auf ihrem Gesicht gleich ein warmes Lächeln aus: „Hallo Reinhold."

„Hallo Gisela", erwiderte er ebenfalls lächelnd und deutete einladend in den Raum: „Setzen Sie sich doch." „Gerne", grinsend kam sie der Aufforderung nach und er nahm ihr gegenüber Platz.

„Ich hab hier natürlich auch etwas...", aus einem geflochtenen Korb holte sie einen halben Christstollen hervor.

Wie viel wollte sie denn essen? „Ich muss gestehen, eigentlich mag ich gar keinen Christstollen. Es liegt an den Rosinen", meinte er und musste dabei schmunzelnd an die Anfangszeit zurückdenken.

Überrumpelt sah sie ihn an. „Aber jetzt mag ich es doch irgendwie. Es erinnert mich an Sie", erklärte er schnell und lächelte sie glücklich an. „Sie mögen Rosinen nur wegen mir? Das ist wirklich eine Ehre", kommentierte sie halb ernsthaft.

Die Stimmung war einfach nur ausgelassen, genau wie auch immer in ihren Nachrichten. Er hatte sich ganz umsonst Sorgen gemacht und seine Vorstellung traf dafür vollkommen zu.

Wahrscheinlich hätten sie stundenlang einfach nur dort sitzen und reden können.

Allerdings war die Schule nicht der richtige Ort dafür, also machten sie sich kurzerhand für einen Spaziergang auf.

Sie beide in den von Weihnachtslichtern beleuchteten Straßen, ein Weg in die Zukunft... Es war so viel mehr, als eine Brieffreundschaft...

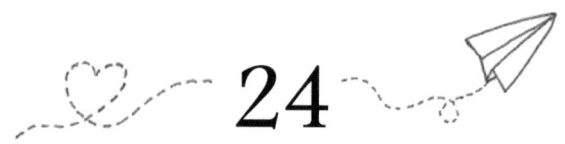

24

Ein gemeinsamer Weg

Eigentlich war die Schule so ziemlich der letzte Ort, an dem man an Heilig Abend sein wollte, ja eigentlich, doch dieses Jahr sah die Sache ein wenig anders aus. Als die Sonne mit ihren zarten, hellen Strahlen und pastellfarbenen Wolken die Dunkelheit der Nacht vertrieb, war der Schulhof bereits gut gefüllt mit Leuten.

Schüler, Lehrer und teilweise sogar andere Angestellte wie eine Putze oder die Cafeteria-Frau, selbst eine Frau aus der Nachbarschaft war mit am Start und Frau Julius hatte ihren Lernhund Amadeus mitgebracht.

Und einige vertraute Gesichter hatten zusätzlich einen sehr... ausgefallenen Auftritt gewählt. Alle aus der Abschlussstufe hatten wieder Engels- und Teufelskostüme an und Niko, ihr wohl motiviertester Referendar trug ein Nikolauskostüm. Wirklich eine herrlich bunte Versammlung.

Doch auch wenn eine fröhliche Zusammenkunft immer schön war, war es heute nicht das eigentliche Ziel. Feierlich betrat der Direktor Herr Kappes die kleine Erhöhung vor der Turnhalle, die gerne für Ansagen genutzt wurde. Damit er nicht so schreien musste, hatte er sogar ein Megafon dabei. Aber als er zur Begrüßung ansetzte, war nichts davon zu merken.

Verwirrt runzelte er die Stirn und versuchte es noch einmal. Eben hatte es doch auch geklappt! Ach, das war ja schon mal ein super Start!

„Schatz. Da ist ein Knopf, den man vorher drücken muss", machte ihn seine Frau mit einem kleinen Lächeln aufmerksam. Oh. „Danke", verlegen lächelte er zurück und schaltete das Megafon wirklich an.

„Erst einmal guten Tag! Es freut mich, dass so viele gekommen sind, um heute an der besonderen Spenden-Wanderung teilzunehmen! Wie Sie sicher schon alle wissen, ist es unser Ziel, Kindern ein glückliches Weihnachten zu bescheren. Dafür werden die Spenden an verschiedene Hilfsorganisationen weitergeleitet und gleichzeitig können wir gemeinsam in die Feiertage starten. Also! Lasst uns gemeinsam losgehen!", hielt er nun doch seine Ansprache und alle klatschten begeistert.

„Wuhuu!", jubelte eine besonders enthusiastische Schülerin auf: „Für die Kinderüberraschung!" Oder vielleicht war das auch kein Enthusiasmus sondern viel mehr eine verlorene Wette. Zumindest tuschelte sie danach ausgelassen mit einem Jungen und sie hatten beide Palmzweige an ihre Mützen gesteckt. Hatten sie die mit Mistelzweigen verwechselt? Auf jeden Fall küssten sie sich jetzt auch noch.

Der Direktor konnte ja nichts von den kleinen, frechen Herausforderungen wissen, die sich Connie und Simon immer stellten. Wirklich ein Chaoten-Pärchen.

Apropos Pärchen... Wieder bewahrte ihn seine Frau vor einer Peinlichkeit. Er war so auf die beiden fixiert gewesen, dass er einfach nur dagestanden hatte, doch seine Frau hakte sich mit ihrem warmen und besonnenen Lächeln bei ihm unter und ging mit gutem Beispiel voran.

Unbeschwert folgte ihnen die ganze Schar, fast wie eine extra große Entenfamilie oder wenn man einen weihnachtlichen Vergleich wollte vielleicht eher eine Rentierherde. Auf jeden Fall war da schon ein besonderes Zusammengehörigkeitsgefühl, auch unter den einzelnen Wanderern.

Direkt hinter ihnen ging einer aus dem Lehrerkollegium, Max, zusammen mit der farbigen Nachbarin, die eine so dicke Jacke trug, dass sie von ihr förmlich verschluckt wurde. Ein Wunder, dass sie Max nicht auf Seite kickte, als sie sich an ihn lehnte. Und bei ihm war auch etwas merkwürdig: Er trug einfach einen kleinen Eimer Streusalz rum.

So ganz verstand der Direktor nicht, was er damit bezwecken wollte. Auch die Gesprächsfetzen, die er von ihnen mitbekam, waren ein kleinwenig unzusammenhängend: „Stell dir mal vor, du könntest jetzt auf meinem Fahrradträger sitzen und wir würden allen davonfahren." „Ich fand deine Argumente am Anfang mit der Sitzheizung im Auto eigentlich überzeugender", ließ sie sich nicht von diesem romantischen Bild in den Bann ziehen und hatte dabei ein Insider-Schmunzeln in der Stimme.

Auch jemand anderes hatte den Plan, alle abzuhängen. Plötzlich lief Amadeus freudig voraus. „Bei Fuß!", befahl ihm Frau Julius sofort und der energiegeladene Vierbeiner kam gleich mit wedelndem Schwanz zurück getappt.

„Tut mir leid, ich habe einen Stein gekickt, bestimmt wollte er ihn nur fangen", nahm Marko den besonderen Hund in Schutz, immerhin war diese flauschige Fellnase dafür verantwortlich, dass er jetzt mit Rieke zusammen war. „Zum Glück habe ich meinen Kaffee im Rucksack, sonst hätte ich ihn mir jetzt sicher übergeschüttet", brachte auch seine Freundin eine freche Anspielung.

„Wenn ihr aufpasst, könnt ihr gerne ein bisschen mit ihm spielen. Dann wird er sicher ruhiger", erlaubte ihnen die Lehrerin unbekümmert. „Machen wir wieder unser Spiel?", fragte Marko Rieke grinsend und sie wusste sofort, was gemeint war. Energiegeladen warf sie Amadeus Teddy und der Hund sprintete glücklich los, um sein Lieblingsspielzeug zu Marko zurückzubringen. Er wechselte immer noch zwischen ihnen beiden ab. Das war doch mal wahre Gleichberechtigung.

„Hey! Kann er auch Schneebälle fangen?", anstatt eine Antwort abzuwarten, warf Marcel gleich den Schneeball. Wie der Blitz zischte der Vierfüßler los und erwischte den Ball noch in der Luft. Allerdings ging er ganz kaputt, als er reinbiss und

Amadeus sah sich irritiert nach seinem Spielzeug um. So knuffig! Und auch ein krasses Manöver!

„Nicht mit den Schneebällen werfen, das kann ins Auge gehen", meldete sich Linda besorgt zu Wort. „Du bist eine wahre Lehrerin", liebevoll gab ihr ihr Mann einen kleinen Kuss auf die Wange und gleichzeitig meinte Simone zu ihrem Freund: „Zum Glück ist es bei uns nicht ins Auge gegangen, aber wir haben ja auch einen Schneeballfall angewendet, statt einem Wurf."

„Was hältst du von dem Wortspiel, dass du mir dafür ins Auge gefallen bist?", erwiderte er grinsend. „Etwas ausbaufähig, aber durchaus romantisch, wenn man es nicht zu wörtlich nimmt", beurteilte sie unbeschwert und bei der Vorstellung mussten beide loslachen.

„Du hättest das hier sicher noch besser organisieren können", führte Alex das Gespräch mit seiner Frau fort. „Ach, ich finde, das ist schon sehr gut organisiert. Guck doch mal, wie viel Spaß alle haben und einfach an der frischen Luft durch den Ort und den Wald zu gehen, ist doch auch schön. Mehr braucht es gar nicht", schwärmte Linda glücklich: „Außerdem ist es ganz nett, nicht die Verantwortung zu haben und bei jedem Problem direkt eine Lösung liefern zu müssen."

„Auch wenn du sehr gut darin warst", musste ihr Mann noch hinzufügen. „Du alter Schleimer!", lachend knuffte sie ihn in die Seite.

„Generell haben wir dieses Jahr eine sehr soziale und engagierte Weihnachtszeit", meinte Frau

Kappes mit ihrem sanften Lächeln. Ob sie gerade wohl die gleiche Unterhaltung wie er mit angehört hatte und an den wohltätigen Basar zurückdenken musste? Sie waren wirklich ein Herz und eine Seele, manchmal sogar ein Gehirn.

„Hey! Schieß hierher!", rief ein Junge weiter hinten und bekam einen Fußball von seiner Freundin zugepasst. Amadeus war wohl nicht der Einzige, der nicht ganz ausgelastet war. Als hätte der Hund seinen Gedanken gehört, wuselte er schon zu den vier Fußballspielern.

Weil Feli sowieso nicht so der Fußballfan war, entschied sie sich kurzerhand, mehr mit dem süßen Lerngefährten zu spielen und ihn zu streicheln, was zusammen mit dem kleinen, tierischen Fußballspiel irgendwie ziemlich chaotisch wurde.

Aber eigentlich war das Chaos ja schon vorprogrammiert gewesen, als Phil überhaupt zu der Spendenwanderung einen Fußball mitgebracht hatte und Selina war bei diesem Spaß natürlich Feuer und Flamme gewesen. Während Feli von ihrem Freund bei der Gelegenheit so etwas wie eine Nachhilfestunde in Ballgefühl bekommen hatte, wobei es ihr allerdings mehr um das schöne Gefühl bei ihm zu sein, gegangen war.

Unterm Strich ein wunderschönes und lustiges Chaos. Besonders als sich Marko als Sportass mit einklinkte und Rieke mit Feli spaßhaft um Amadeus Aufmerksamkeit wetteiferte.

Nach einer Weile war der Hund richtig am Hecheln, aber er sah verdammt glücklich aus, genau wie sie. Glückliche Schüler waren immer wieder ein unglaublich schöner Anblick. So sollte es sein. Und wie um diesen fröhlichen Augenblick zu untermalen hörte der Direktor auf einmal ein gedankenverlorenes Gedicht:

„Wir hinterlassen unsere Spuren
und still stehen alle Uhren,
denn dieser Moment ist kostbarer als Zeit
und besteht hinfort für die Ewigkeit.
Die Luft ist von Freude erfüllt
und alles in Weihnachtsstimmung gehüllt.
Es könnte endlos so weiter gehen,
während Erinnerungen entstehen.
Mir ist so unbeschreiblich warm,
denn ich halte dich an meinem Arm.
Es könnte nicht besser sein,
denn heute ist niemand allein."

„Ich höre dir so gerne zu. Keine Ahnung, wie du immer wieder so kreativ sein kannst", verliebt schmiegte sich Xenia an Steffen. „Das ist alles nur eine Frage der Inspiration", antwortete der Dichter und konnte gar nicht aufhören: „Und wenn deine Zuneigung ist der Lohn, werden die Worte immer weiter raus fließen und Ideen in meinem Kopf sprießen."
Unbeschwert kicherte seine Muse und meinte überzeugt: „Aber du musst aus diesem Talent unbedingt was machen! Du könntest ja vielleicht mal eins deiner Gedichte an eine Zeitung schi-

cken oder auf einen Poetry Slam oder so gehen. Wenn du ein Gedicht hierfür geschrieben hättest, wäre bestimmt die ganze Schule mit der buckligen Verwandtschaft mitgekommen."

Es war schön, wie sehr sie an ihn glaubte. Und Herr Kappes konnte sich sein Talent auch gut in der Schülerzeitschrift vorstellen, aber jetzt war wohl nicht der richtige Moment dafür. Die beiden wirkten so weltvergessen, er wollte diese verträumte Zeit nicht durchbrechen.

Als hätte der Dichter sie inspiriert, kam von weiter hinten die nächste künstlerische Idee: Musik. Jemand hatte eine Musikbox mitgebracht und drehte ohne Vorwarnung laut auf. Aha, ein frecher Teufel steckte dahinter. Da wollte wohl jemand die Weihnachtstradition wiederholen und zwar mit allem drum und dran.

Neben ihren... speziellen Gesangskünsten gab es auch wieder Süßigkeiten, dieses Mal als kleinen Snack für unterwegs und Kohle hatten sie ebenfalls im Gepäck. Eins der schwarzen Stücke bekam Marcel von Fabienne überreicht und die Teufelin argumentierte spaßhaft: „Du hast einen Schneeball geworfen, das war sehr unartig."

„Hier, du kannst mein Bonbon haben, ohne deine Schneeballfallstrategie, wäre ich schließlich nicht hier", locker warf Simones Freund ihm seine Süßigkeit hin.

„Das war sehr artig, hier hast du noch eins", mit diesen Worten gab Johanna ihm ein zweites und zog zufrieden mit Fabienne ab.

„Du kriegst eine Zuckerstange, im Tausch für einen kleinen Kuss", verhandelte Jan, in seinem Kohle-Engel-Outfit mit einem Mädchen mit Schneeflocken-Tattoos auf der Wange. „So funktionieren Geschenke nicht", rief Fabienne zu ihm rüber und verdrehte die Augen. Der Kerl war echt unverbesserlich. Außerdem hatte er sich mal wieder ein lesbisches Pärchen ausgesucht, als wären seine Chancen so nicht schon schlecht genug.

Wortlos wandten sich die beiden Wassertattoo-Mädchen ab. Doch ihre Stimmung besserte sich schnell wieder.

Ihr Musiklehrer Herr Karl hatte einfach eine Ukulele dabei und stimmte damit in die Weihnachtsmusik der Engel und Teufel ein. Gemeinsam fingen auch sie an leidenschaftlich zu singen und immer mehr stiegen ein. Irgendwann sang tatsächlich die ganze Gruppe und Herr Karl war nicht der Einzige, der ein Instrument mitgebracht hatte, wenn man es so nennen wollte.

Chris und Annika liefen lachend mit Glocken umher, was gleichzeitig schon weihnachtlich war, aber auch wie bei den Palmzweig-Mützen von eben ziemlich nach einer verlorenen Wette wirkte. Doch anscheinend gab es hier andere Hintergründe, denn die verpeilte Reli-Lehrerin rief richtig gerührt: „Die Glocken haben euer Herz berührt und jetzt trag ihr sie in die Welt! Das ist wahrer Glauben!"

Herr Kappes und seine Frau tauschten einen vielsagenden Blick. Sie waren definitiv im Glauben, dass das komisch war, aber irgendwie passte es zu diesem herrlichen, weihnachtlichen Chaos.

Singend legten sie die Strecke zurück und die Zeit verging dabei wie im Flug. Schließlich kam „Have yourself a merry little christmas", was ja im Grunde einfach nur ein schönes Weihnachtslied war, aber für zwei von ihnen hatte es noch eine ganz besondere Bedeutung.

Mitgerissen von der Musik fingen Emely und Alejandro an zu tanzen. Das war ihr Lied, ihr Moment. Angesteckt von ihrer Freude begannen auch andere zu tanzen, teilweise auch ganz verrückt. Simon und Connie hatten beide absolut kein Taktgefühl, aber das hinderte sie nicht daran Spaß zu haben und Reinhold und die Putzfrau legten sogar mit einer Art stilvoll-ruhigem Walzer los.

Auch der Direktor wiegte ganz weltvergessen mit seiner Frau zu dieser fröhlichen Melodie hin und her, während im Hintergrund die anderen aus ganzer Seele weiter sangen. Als wollte er mitsingen, bellte Amadeus einmal und schreckte dabei ein paar Vögel auf. „Wir hätten uns auch Brieftauben schicken können", witzelte Reinhold bei diesem Anblick. „Aber dann hättest du keinen ekligen Christstollen essen können", konterte Gisela ausgelassen. „Das habe ich nie gesagt", stellte der alte Lehrer gleich klar.

Als das Lied vorbei war, setzten sich auch alle wieder in Bewegung. Immerhin war das hier in erster Linie eine Wanderung, trotzdem war das ein umwerfender Augenblick gewesen. Emely konnte gar nicht richtig glauben, dass sie einfach vor allen angefangen hatte zu tanzen und damit so etwas ausgelöst hatte. Aber gemeinsam mit Alejandro hatte sie einfach diese komplett befreite Energie.

Alle zusammen spazierten sie noch eine ganze Weile, bis sie einen Aussichtspunkt mit Bänken erreichten, allerdings war ihre Gruppe so groß, dass es nicht genug Sitzplätze für jeden gab.

Sylvi löste dieses Problem kurzerhand, indem sie sich auf Andreas Schoß setzte. Mit ihren langen, kunstvollen Nägeln schälte sie flink eine Mandarine und hielt ihrer Sitzgelegenheit auch gleich ein Stück hin. Na ja, sie verschätzte sich ein wenig in der Entfernung und hätte es ihm fast ins Auge gerammt, zum Glück war es jedoch nur seine Wange.

„Ups. Entschuldigung", kicherte sie und strich kurz über seine Wange. „Schon in Ordnung", verzieh Andreas seiner einzigartigen Freundin. Seine Nägel waren immer noch Tannenbaumgrün lackiert. „Mach den Mund auf", forderte sie ihn auf und fütterte ihn dieses Mal unfallfrei mit der Mandarine.

Auch Lucy und Janis hatten das Sandwich-Prinzip zum Setzen genutzt, allerdings nicht nur wegen dem Platzproblem, sondern auch wegen der Kälte. Lucy war einfach eine extreme Frostbeule und trotzt der ganzen Klamottenschichten, in die sie sich eingepackt hatte, war sie schon die ganze

Zeit am bibbern. Jetzt wäre etwas Warmes zum Essen genau richtig, doch leider hatten sie nur kalte Döner dabei, dafür jedoch warmen Kräutertee. Schon eine etwas ungewöhnliche Kombi, aber ein Döner ging einfach immer.

Ebenfalls besonderes Essen hatten Reinhold und Gisela dabei. Ein Treffen ohne Plätzchen, Vanillemilch und Christstollen war doch gar nicht möglich. Und natürlich hatte Heike als Cafeteria-Frau gleich ein halbes Buffet mitgebracht. Netterweise hatte Berthold ihr beim Tragen geholfen. Dafür bekam er aber auch gleich seinen Kakao mit Zimt. Nirgendwo schmeckte er so gut wie bei Heike, aber vielleicht lag das auch mehr an ihr als an dem Kakao an sich.

Dazu gab es noch Schokobrötchen, Schokomuffins, Schokocroissants und Spekulatius. Also sehr viel Schokolade, aber wann konnte man schon zu viel Schokolade haben? Als herzhaften Gegenpol hatte sie zusätzlich Brezeln und belegte Brötchen, Klassiker, die einfach immer gingen.

Für zwei Personen war die Menge maßlos zu viel, doch auch das war gut, denn so konnte Heike das tun, was sie sowieso liebte: teilen. Die anderen freuten sich richtig über die kleinen Leckerbissen. Diese Pause war fast wie die in der Schule. Und wie es sich für eine richtige Pause gehörte, wurde auch heute ordentlich Quatsch gemacht.

„Ich weiß ja nicht... Hmm... Vielleicht ein Gürtel?", erriet der Praktikant sein gestricktes Geschenk von Tamala absichtlich falsch und wickelte sich den bunten Schal um die Hüfte. Prustend lachte die Wollkünstlerin auf. Er konnte manchmal so lächerlich und einfach zum Totlachen sein!

„Oh! Jetzt habe ich es! Es ist ein Stirnband!", machte er albern weiter und band sich den Schal um die Stirn. Jetzt sah er aus wie der bescheuertste Ninja der Geschichte! Sie konnte echt nicht mehr!

Kurz lachte er ausgelassen mit ihr und wurde dann doch tatsächlich ernst: „Danke. Der Schal sieht wirklich wunderschön aus. Unglaublich, dass du dir die ganze Mühe für mich gemacht hast."

„Habe ich doch gerne gemacht. Du warst wirklich ein toller Woll-Wächter und es hat Spaß gemacht, mich immer wieder in Gespräche mit dir zu verstricken", erwiderte sie mit einem warmen Lächeln.

„Unsere Gespräche haben nie den roten Faden verloren", stieg er nochmal in ihre geliebten Wortspiele mit ein. „Und wenn doch mal ein Knäul auf Abwege geraten ist, hast du es immer wieder zurückgeholt", ergänzte sie schmunzelnd.

Gemeinsam hatten sie es sich auf einer gestrickten Decke auf dem Boden gemütlich gemacht, was sicherlich ziemlich kühl war, aber den beiden konnte die Kälte wohl nichts anhaben. Vielleicht lag das ja an der wärmenden Kraft der Liebe, vielleicht an besonders dicken Klamotten. Wer weiß?

„Guck mal, mit ein paar Kissen könnte man da sicher gut schlafen oder lesen, wie du es nennst", meinte Daniel frech zu Nadine. „Du bist nur neidisch, weil du zum Einschlafen immer eine Ewigkeit brauchst", konterte sie herausfordernd. „Wie kommst du denn darauf?", erwiderte er mit hochgezogenen Augenbrauen. „Ich weiß nicht, vielleicht meine unschlagbare Intuition oder die Nachrichten, die du immer voll philosophisch mitten in der Nacht schreibst", antwortete sie mit einem lockeren Schulterzucken.

„Ich bin höchstens neidisch auf deine Träume, meine sind nicht halb so… lebhaft", entgegnete er grinsend. „Tja, ich habe halt viel Fantasie. Willst du wissen, was ich heute geträumt habe?", nahm sie den Faden gleich auf. „Hatte es mit einer Verfolgungsjagd im Wald zu tun? Oder worauf müssen wir uns einstellen?", ging er ausgelassen darauf ein und wieder nahm ihr Gespräch gar kein Ende.

„Lauschen gehört sich nicht", bemerkte Pia mit einem Schmunzeln. „Aber Träume passen doch so gut zu uns und Geschenke in fremde Jacken zu stecken ist auch nicht unbedingt normal", verteidigte sich ihr Freund unbeschwert. „Ich sag ja, es war Schicksal", schob sie die Schuld von sich oder war es überhaupt eine Schuld, wenn dabei etwas super Gutes rauskam?

„Ähm und wenn wir schon beim Thema sind, solltest du vielleicht mal genauer in deiner Jackentasche nachsehen", gespielt unschuldig schaute er in der Gegend rum. „Du hast doch nicht…", aufgeregt steckte Pia die Hände in die Taschen, doch da war nichts. Mit gerunzelter Stirn tastete sie nochmal nach, aber da war wirklich nichts.

„Ähm, da ist nichts", sprach sie ihre Feststellung auch laut aus. „Was? Das kann nicht sein!", alarmiert stopfte er auch seine Hände in ihre Jackentaschen, was schon irgendwie ein lustiger Moment war, wenn er dabei nur nicht so perplexverzweifelt ausgesehen hätte.

„Oh. Was hast du denn da?", fragte Frau Kappes überrascht und hob den kleinen Traumfänger auf, den Amadeus schwanzwedelnd vor ihr abgelegt hatte. Zum Glück hatte ihr Mann die traumhaften Gespräche zufällig mitverfolgt und wusste genau, was zu tun war. Vom Direktor zum Geschenkebringer, der kleine Rollenwechsel gefiel ihm.

„Lass mich das machen", mit einem Lächeln nahm er seiner Frau das leicht verzogene Ding aus der Hand. Ob der Hund es wohl so durcheinander gebracht hatte oder hatte es von Anfang an so ausgesehen? Immerhin schien es selbstgemacht zu sein, auf jeden Fall eine süße Geste. Heute hatten sich alle so viel Mühe gegeben…

„Entschuldigung, sucht ihr vielleicht das hier?", mit diesen Worten hielt er den beiden das verlorene Geschenk hin. „Genau! Danke! Hier!", strahlend nahm der Junge den Traumfänger entgegen und überreichte es auch gleich seiner Freundin. „Oh! Das ist super süß! Jetzt haben wir Glücksbringer im Partnerlook!", freute sie sich richtig und fiel ihrem Freund um den Hals: „Ich mach ihn sofort an meinem Rucksack fest! Dann kann er noch viele Traummomente einfangen!"

Mit einem absolut zufriedenen Gefühl zog sich der Direktor wieder zurück. Bei diesem kleinen Traummoment hatte er geholfen...

Und noch jemand anderes arbeitete daran, den Moment festzuhalten. Zwei Schüler saßen sich gegenüber und waren beide konzentriert am Zeichnen. Dichten, Musik, Tanz und jetzt auch noch Zeichnen. Es war wirklich was los.

„Ich bin fertig und du?", herausfordernd hatte der eigentliche Künstler eine Augenbraue hochgezogen. „Oh! Ich liebe es, wenn du diese Geste machst", schwärmte Kim und wechselte gleich wieder ins Schelmische: „Ich bin auch fertig, Picasso."

„Auf drei", fackelte René nicht lange: „Eins... zwei... drei!" Stolz präsentierten sie sich gegenseitig ihre Kunstwerke. „Was ist das?!", prustend lachte der Künstler auf, als er Kims Bild sah. Mit viel Fantasie konnte man da eine Tür sehen und eine Art Monster oder so.

„Na du als süßes Monster im Schrank. Erkennt man doch", erklärte ihm sein Freund kichernd. „Ich bin dir auf jeden Fall sehr dankbar, dass du mich als Märchenprinz nicht umgebracht sondern gerettet hast", stieg René auf seine Metapher ein.

„Wir haben ein modernes Märchen, ist das nicht schön? Dein Bild ist übrigens auch wieder schön geworden", mit diesen Worten lehnte sich Kim für einen Kuss zu ihm rüber.

Und schon war wieder an einer anderen Stelle etwas los. „Oh. Das könnte ein Unglück geben", kommentierte Tyra mit schief gelegtem Kopf. „Unglücke können immer auftreten, wir sollten als Profis aufpassen", beurteilte auch der zweite Pechvogel die Lage.

Auch der Direktor sah das Ganze ein wenig skeptisch. Justus und Vanessa hatten sich breitbeinig hingestellt und ihre große Freundin Mira stieg auf ihre Oberschenkel, um einen Zettel möglichst weit oben in die kahlen Zweige zu hängen. Dieses Mal war es kein Bild, auch wenn René sicher ein richtig gutes dafür hätte liefern können, nein es war ein schlichter Spruch, ein Gruß an alle: „Frohe Weihnachten! Seid lieb zueinander!" Das war doch viel origineller und passender, als ein blödes „Ich war hier".

„Oh! Wir haben auch etwas zum Aufhängen! Wir könnten helfen, dann kommt ihr noch höher!", schlug Mark Feuer und Flamme vor und mit ihm kamen natürlich auch gleich Isabell, Ella und Matteo. „Hältst du das für so eine gute Idee? Ich hab eigentlich kein Bock auf einen gebrochenen Knochen als Weihnachtsgeschenk", nahm Ella mal wieder die Rolle der Skeptikerin ein.

„Sei nicht so ein Grinch!", brachte Mark seine typische Erwiderung. „Heute ist Heilig Abend! Da ist alles möglich!", schloss sich Isabell ihrem Freund als unverbesserliche Optimistin an. „Wenigstens musstest du nicht extra googlen, was heute besonders ist", murmelte Ella noch, stellte sich aber zu ihren Freunden.

Isabell und Mark hatten es super lustig gefunden für heute Vogelfutterkugeln zu basteln, quasi als Anlehnung an den Schneekugel-Tag, als so viel Wichtiges passiert war und als Bonuspunkt tat man den Vögeln mit diesem kleinen Geschenk noch etwas Gutes. Und es war ja auch schön gewesen, allerdings konnte diese ganze verrückte Tatkraft manchmal auch ein wenig viel werden. Genau das mochte sie an Matteo ja auch so sehr, er war einfach ein ruhiger und geerdeter Typ, meistens jedenfalls.

Aber jetzt standen sie hier und wollten alle gemeinsam hoch hinaus. Ganz seltsam stützten sie Mira und es war wirklich eine sehr chaotische und auch wackelige Angelegenheit. Plötzlich kam eine eisige Windböe auf.

„Ey!", rief René protestierend auf. Der Wind hatte ihm sein Bild aus der Hand gerissen und es flog zielgenau in Miras Gesicht. Oh nein! Sie verlor vollkommen das Gleichgewicht!

Sofort war Laslo zur Stelle und sorgte dafür, dass es doch nicht zu einem Unglück kam. Währenddessen lief Tyra schnell dem flüchtigen Blatt hinterher und fing es wieder ein. Doch auf dem Weg zurück schlug ihr Pech zu und sie rutschte voll aus.

Mitfühlend flüsterte ihr Freund: „Alles in Ordnung?" „Ja, ja. Du kennst mich doch, ich versuche immer vorbereitet zu sein. Knieschoner", um ihre

Worte zu untermalen, klopfte sie sich auf die Knie. „Du bist der Wahnsinn!", hin und weg grinste er sie an. „Wir sind ein klasse Team", erwiderte sie und hob die Hand zum einklatschen, doch stattdessen verschränkte Laslo seine Finger mit ihren: „Ein Glück, dass ich dich habe."

Und nach diesem kleinen Fast-Unglück machten sie sich auch wieder auf den Weg. Bald schon wurde wieder fröhlich gesungen und herumgealbert, die Stimmung könnte kaum besser sein. Doch etwas hatte die Macht jeden Moment noch ein wenig zu versüßen: Schokolade.

Niko nahm seine Rolle als Nikolaus wieder sehr ernst und verteilte zwischendurch mit Klaus Hilfe noch einmal Schokolade für alle. Dabei zwinkerte er den Engeln und Teufeln zu, die ja das Gleiche gemacht hatten. So viele liebe Gesten an einem Tag! Und es war noch nicht vorbei.

Auf den letzten Metern, als die Schule schon in Sicht kam, hatte Herr Karls Musikklasse noch etwas Besonderes geplant, jap, sie konnten viel mehr als nur singen. Als letztes Geschenk hatten sie Wassertattoos für alle dabei, die mitgegangen waren, die ultimative Belohnung für eine bestandene Aufgabe!

Glücklich summend brachten Anna und Sophie eins nach dem anderen an, von Schneeflocken über Sterne bis hin zu kleinen Rentieren mit Geschenken. Nur um Jan durfte sich gerne jemand anderes kümmern, auch wenn natürlich selbst der

Dummkopf eins bekam. An Weihnachten sollte doch jeder etwas haben.

Wie sich alle darüber freuten, jetzt Weihnachtstattoos zu haben! Sylvi suchte sich extra eins aus, was zu ihrem Nageldesign passte, Chris und Annika wählten ganz symbolisch Glocken und irgendwie war für jeden etwas Besonderes dabei.

Herr Kappes entschied sich für einen kleinen Tannenbaum auf seinem Handrücken und seine Frau wählte einen Engel, dabei war sie für ihn doch schon ein Engel...

Auf dem letzten Stück rutschte Tyra dann wieder aus. Ein Hoch auf ihre Knieschoner. Die ganze Straße funkelte gefroren, wunderschön und doch tückisch. Aber glücklicherweise war Tyra nicht als einzige vorbereitet.

Obwohl es ursprünglich nur als Scherz gedacht gewesen war, kam nun der Eimer mit Streusalz zum Einsatz, den Max dabei hatte und alle erreichten unbeschadet das Ziel. Zum Abschluss stellte sich der Direktor noch einmal auf die kleine Erhöhung vor der Turnhalle.

Sie hatten deutlich länger gebraucht, als angedacht, doch es war jede Minute wert gewesen. Als er auf die Menge blickte, sah er all die geröteten, strahlenden Gesichter.

Das waren diese Momente, in denen er seinen Beruf einfach nur liebte.

Dieses Mal bekam er das Megafon schon beim ersten Mal zum Laufen: „Es hat mich sehr gefreut diese Zeit mit Ihnen allen zu verbringen. Ich denke, heute sind Erinnerungen entstanden, die wir alle noch lange mit uns tragen werden und ich bin überzeugt, dass die gesammelten Spenden das Gleiche für benachteiligte Kinder bewirken werden. Vielen Dank, dass ihr alle dabei wart und jetzt ohne euch noch lange aufzuhalten: Frohe Weihnachten!"

„Frohe Weihnachten!", echote es voller Energie und Wärme von all den Stimmen, die heute auch schon gemeinsam gesungen und so viel Freude geteilt hatten und die Wege trennten sich, doch im Herzen würden sie nie alleine sein...

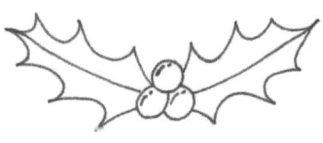

Fröhliche Weihnachten!

Auch wenn ich ja jetzt doch schon ein Weilchen nicht mehr in der Schule bin, denke ich immer noch gerne an die Zeit zurück. Irgendwie war es ständig total chaotisch und verrückt, aber auch lustig und einfach nur schön.

Teilweise habe ich das meinen Lehrern zu verdanken, noch mehr jedoch meinen Freunden. Und das bringt mich besonders zu Noah, der trotz seines Studiums noch einmal als Cover-Bastler hergehalten hat.

Ansonsten geht natürlich wieder ein dickes Dankeschön an meine Schwester, die diese schicke Schneekugel auf dem Cover gemalt hat und meine Mama, die mich eigentlich bei jedem Bearbeitungsschritt bis zum fertigen Buch unterstützt.

Und zu guter Letzt auch meine Katzen, als schnurrende Musen und willkommene Ablenkung.

Damit will ich eigentlich nur sagen: Jeder hat seine besonderen Weihnachtsmomente und die Menschen, die einfach nicht fehlen dürfen. Hiermit wünsche ich jedem fröhliche Weihnachten und dass man immer offen dafür bleibt neues zu lernen, egal ob in der Schule oder wo anders. ;-)

Lust auf mehr

Weihnachtsstimmung?

ISBN: 978-3-7562-1997-1

Hier versüßen dir 24 Liebes-Kurzgeschichten die Adventszeit. Von den frechen Schlitten-fahrern bis zu weihnachtlichen Musikanten bekommt jeder einen Weihnachtskuss. Lass dich von der Musik in Geschichten voller Weihnachtsstimmung und lustigem Chaos entführen.

ISBN: 978-3-7568-6129-3

Mit jeder Menge Freundschaft und Musik geht es in diesen 24 Kurzgeschichten durch die Adventszeit. Natürlich gibt es dabei auch abenteuerlichen Spaß im Schnee, leckeres Plätzchenbacken und einfach jede Menge Weihnachtsmomente. Viel Spaß auf diesen kleinen Winterreisen!

ISBN: 978-3-7583-1074-4

Wer kennt sie nicht, die verrückten und lustigen Momente, für die Haustiere so gerne sorgen? In diesem Kurzgeschichten-Adventskalender erwartet dich für jeden Tag eine und dazu auch noch ganz viel Liebe. Wirklich tierische Herzensmomente...

ISBN: 978-3-7583-1016-4

Die Adventszeit kann sehr chaotisch sein, auch bei Tieren. Begleite eine kleine Ratte auf dem Weihnachtsmarkt, eine Ziege beim Krippenspiel und viele weitere Tiere an ihren weihnachtlich schönen Wintertagen!

SBN: 978-3-7693-2137-1

Auf spanische Art wichteln, in der Foto-AG winterliche Bilder schießen und im Fall einer geheimnisvollen Wasserpfütze ermitteln. In der Schule kann so viel passieren, besonders in der Weihnachtszeit. Dieser Adventskalender hält 24 Geschichten mit all dem Chaos, dem Spaß und der Freundschaft für dich bereit.

Mehr von Wilma Müller

Wenn dir dieses Buch gefallen hat, kannst du gerne meine Webseite besuchen. Dort sind alle meine Bücher und geplante Neuveröffentlichungen zu finden. Du bist also immer auf dem neusten Stand. 😊

https://buecher-von-wilma.jimdosite.com

P.S. Ich freue mich auch immer sehr über Feedback, zum Beispiel als Rezessionen.